COISAS QUE A GENTE SENTE

E A DURAÇÃO DAS COISAS

COISAS QUE A GENTE SENTE

CLÁUDIO THEBAS

ilustrações
Natalya Osowiec

E A DURAÇÃO DAS COISAS

Um livro para
a infância que
resiste em nós

Planeta

Copyright © Cláudio Thebas, 2025
Copyright © Editora Planeta do Brasil, 2025
Todos os direitos reservados.

Revisão: Elisa Martins e Fernanda Guerriero Antunes
Capa, projeto gráfico e diagramação: Daniel Justi
Ilustrações de capa e miolo: Natalya Osowiec

Dados Internacionais de Catalogação na Publicação(CIP)
Angélica Ilacqua CRB-8/7057

Thebas, Cláudio
Coisas que a gente sente e a duração das coisas / Cláudio Thebas. – São Paulo: Planeta do Brasil, 2025.
112 p. : il.

ISBN 978-85-422-3648-4

1. Poesia brasileira I. Título

25-1771   CDD B869.1

Índice para catálogo sistemático:
1. Poesia brasileira

MISTO
Papel | Apoiando o manejo florestal responsável
FSC® C005648
www.fsc.org

Ao escolher este livro, você está apoiando o manejo responsável das florestas do mundo, e outras fontes controladas

2025
Todos os direitos desta edição reservados à
Editora Planeta do Brasil Ltda.
Rua Bela Cintra, 986 - 4º andar - Consolação
01415-002 - São Paulo - SP
www.planetadelivros.com.br
faleconosco@editoraplaneta.com.br

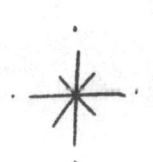

Para a Chris, a Luiza e o Raphael.
Que contribuíram com seus olhares, sempre primeiros.
O livro está repleto de frases de vocês, além de ideias e
inspirações das nossas conversas.
Estes micropoemas são nossos.
Amo vocês.

01.

EU NÃO SEI se você que está começando a leitura deste livro é criança ou adulto. Na verdade, isso não faz muita diferença. Eu sempre escrevi livros para crianças querendo que os adultos também gostassem. E neste livro fiz meio que ao contrário: escrevi para os adultos querendo que as crianças gostem também. Escrevi para me comunicar com algo muito especial que há em comum entre ambos: a infância. Infância de gente que fica feliz quando ganha presente, que fica de mau humor quando está muito cansada, que tem saudade de alguém, de algum lugar, de algum momento... infância de gente que tem raiva, vergonha, inveja. Que tem alegria grande por coisas pequenas, que sente grandes tristezas, medos e sonhos. Sim, sonhos.

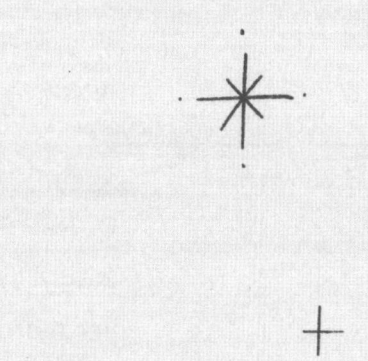

Porque a infância da gente sente o que sonha. Crianças chamam isso de "quero muito!". E adultos chamam de desejo ou esperança. O que muda é só o nome. Ou saber dar nome. Criança não fala "tô ansiosa", mas sente. E pergunta de cinco em cinco minutos: "Falta muito?", "Tá chegando?". Aí algum adulto traduz: "Nossa, que ansiedade! Já, já chega meia-noite, e a gente abre os presentes".

Mesmo que a gente não saiba todos os nomes direito, as coisas que a gente sente estão sempre lá, nesse grande pátio da infância. Pátio de sentir, de poder estar. Pátio de ser. Pátio que existe no coração de gente, não importando se é gente grande ou pequena.

Escrevi este livro para a infância de todos nós. Infância em que as crianças existem e que em nós, adultos, resiste. Como um chamado ou lembrança da nossa humanidade.

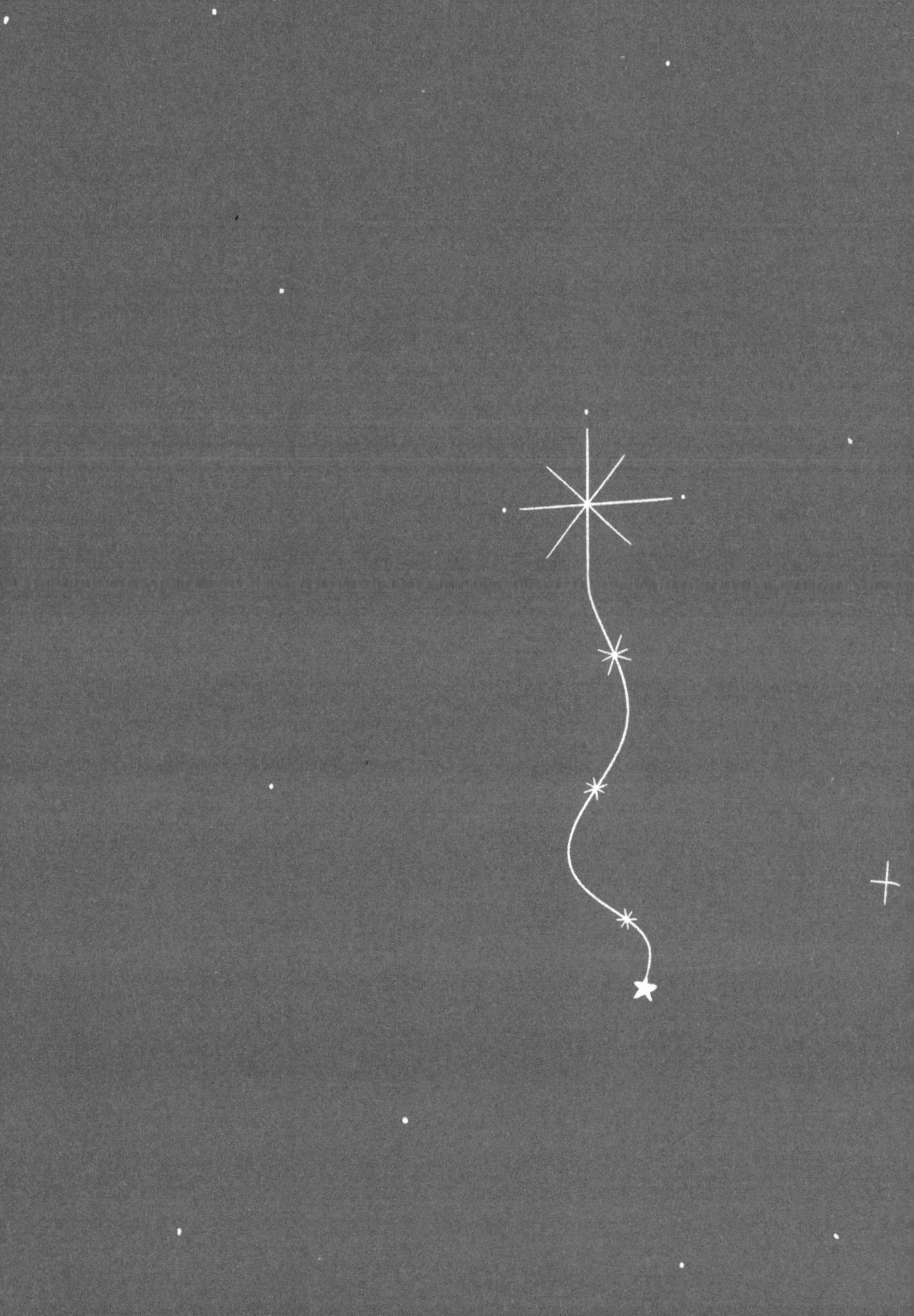

COISAS QUE A GENTE SENTE

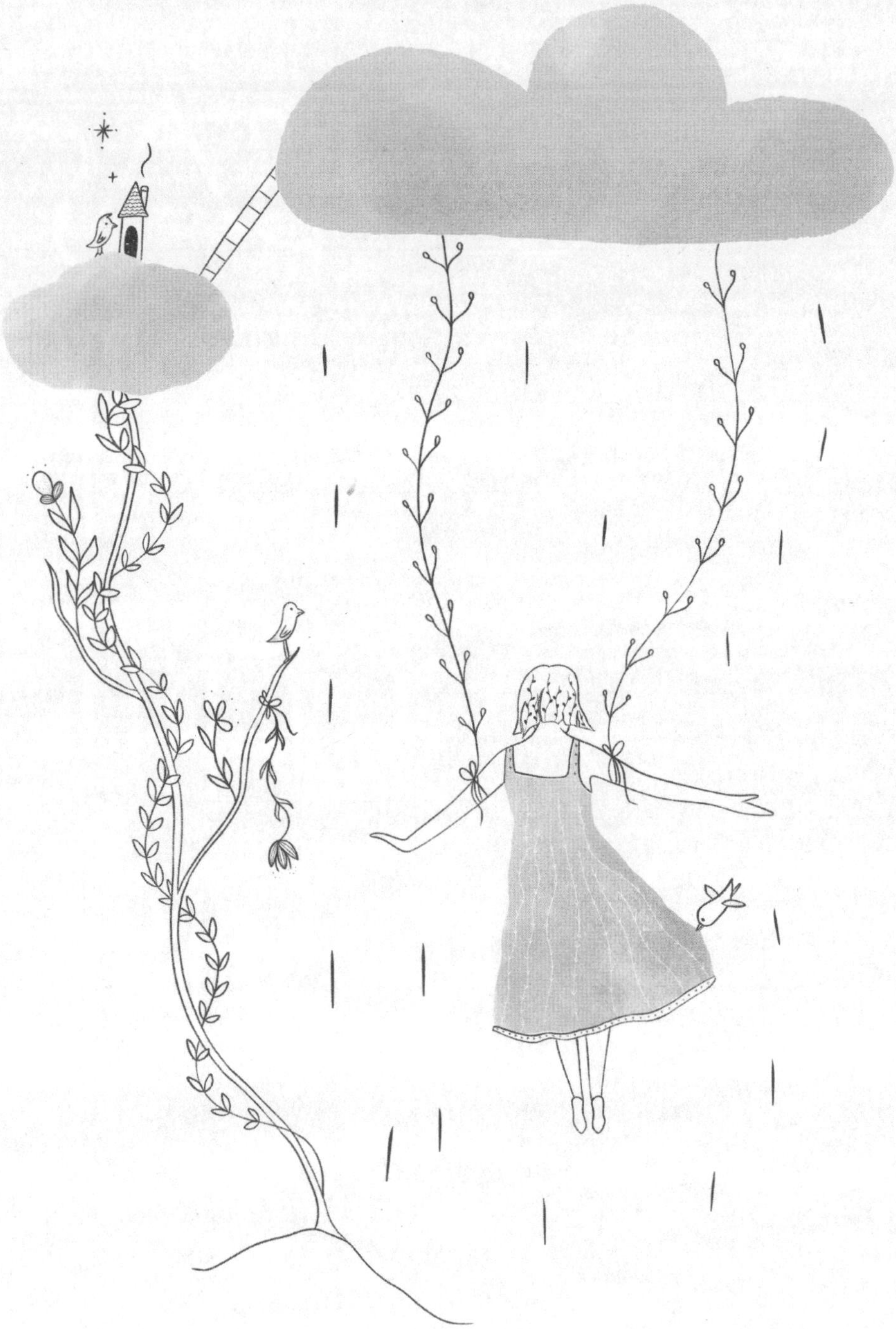

Alegria é ter sol em dia de praia.
Felicidade é brincar
mesmo que a chuva caia.

Preguiça é um brinquedo
fingindo que não tem pilha.
É um barco gritando
"Vem cá!" pra uma ilha.

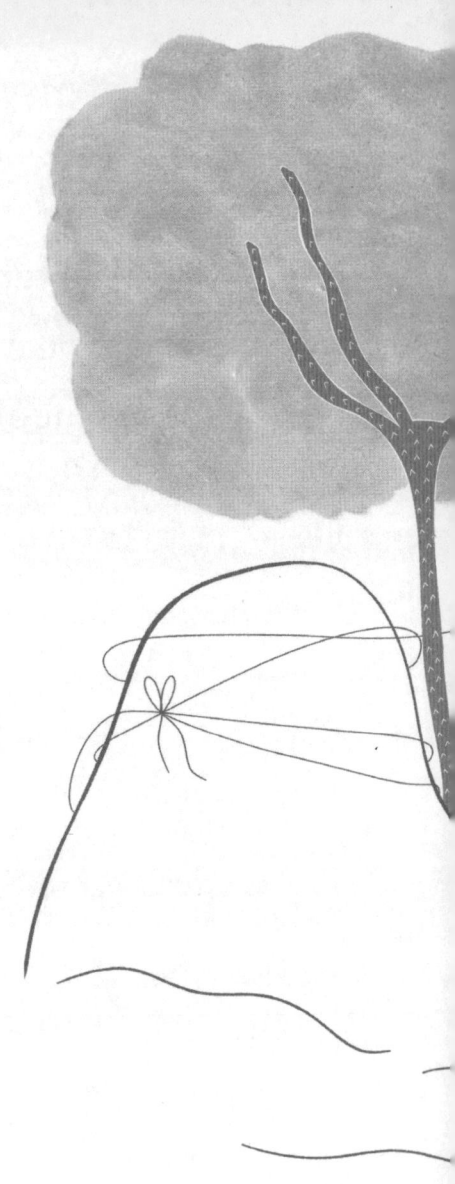

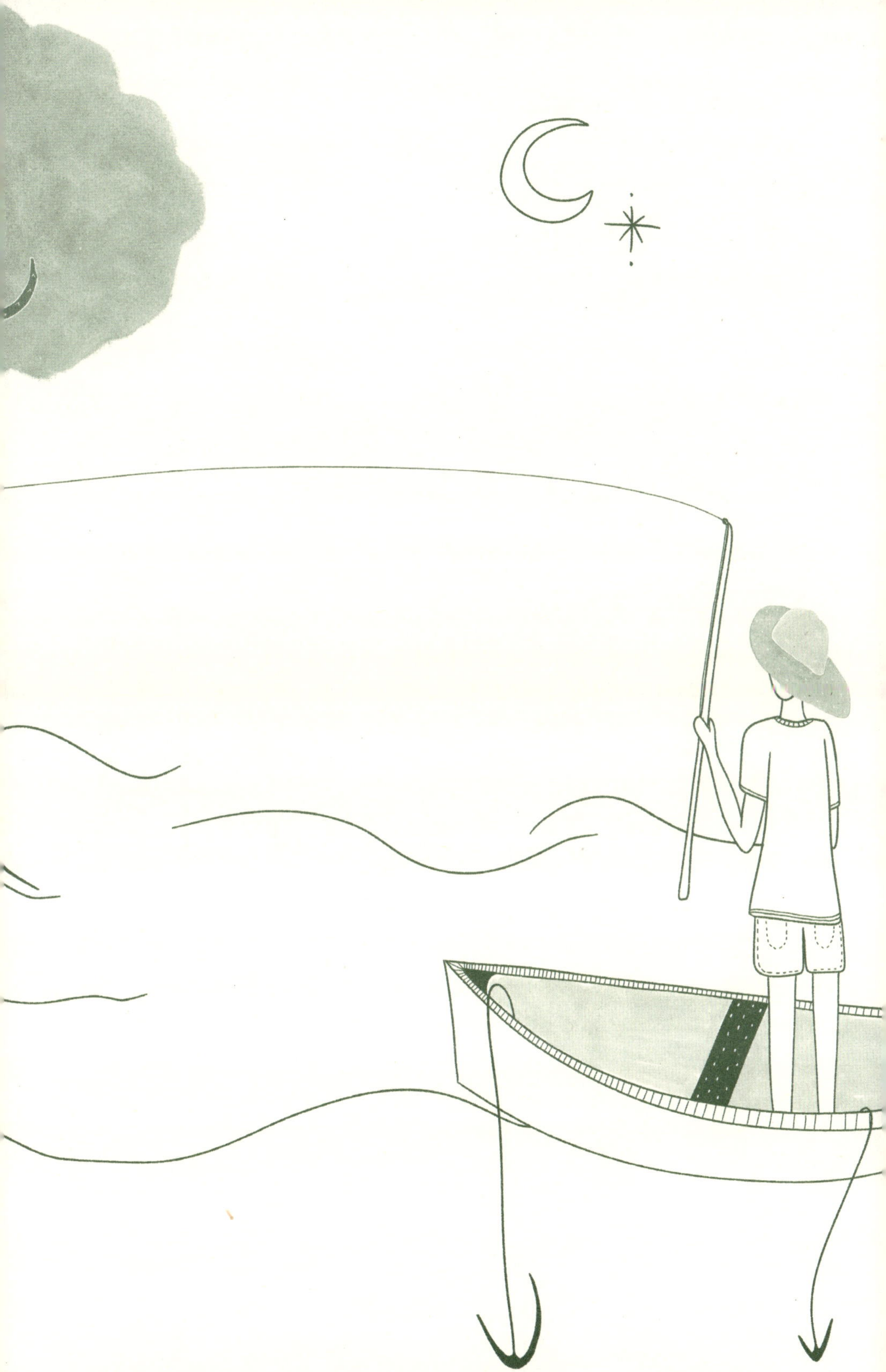

Sono é um vento,

diminuindo,

diminuindo,

diminuindo...

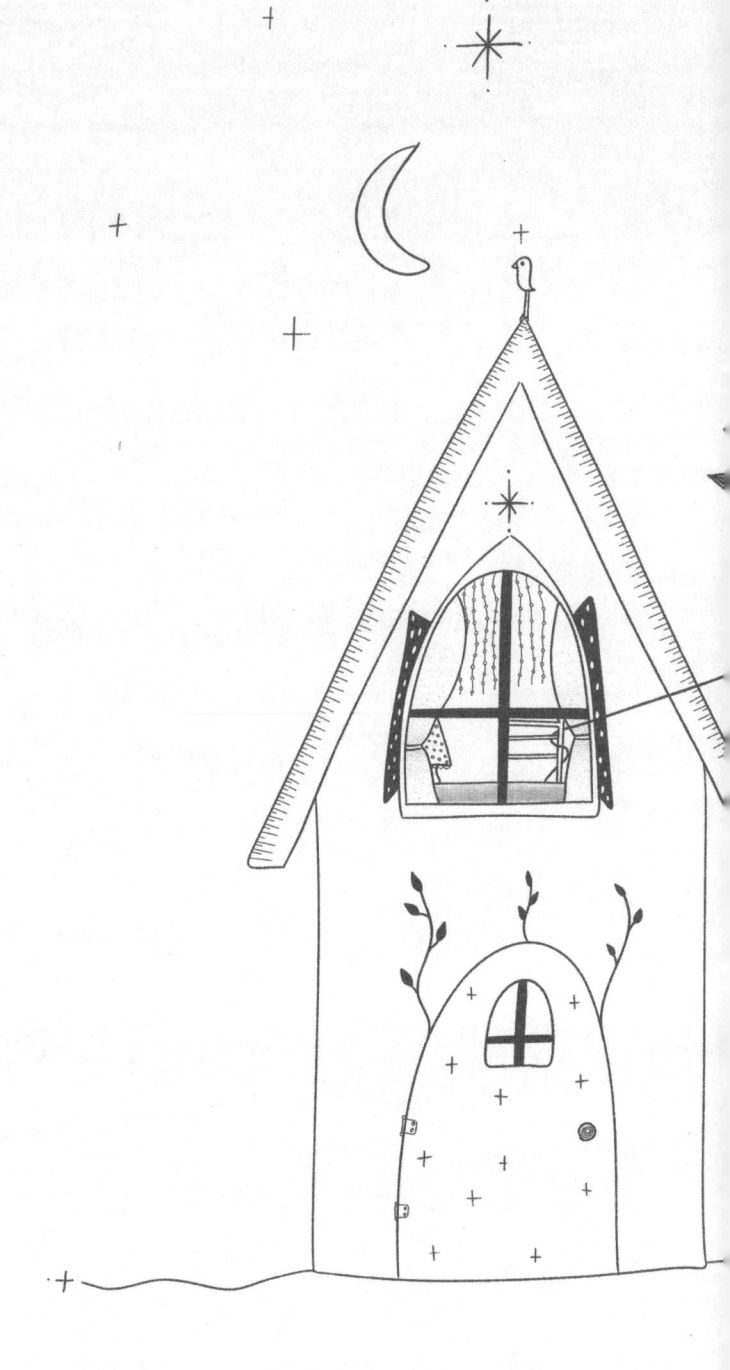

Em cada folha parada

tem sempre um vento dormindo.

Inveja é uma festa ao avesso.

É uma alegria que errou de endereço.

Fé é esperar que chova no deserto,
Esperança é manter o guarda-chuva perto.*

*Inspirado em: BONDER, Nilton. *Fronteiras da inteligência*:
a sabedoria da espiritualidade. Rio de Janeiro: Rocco, 2011.

27

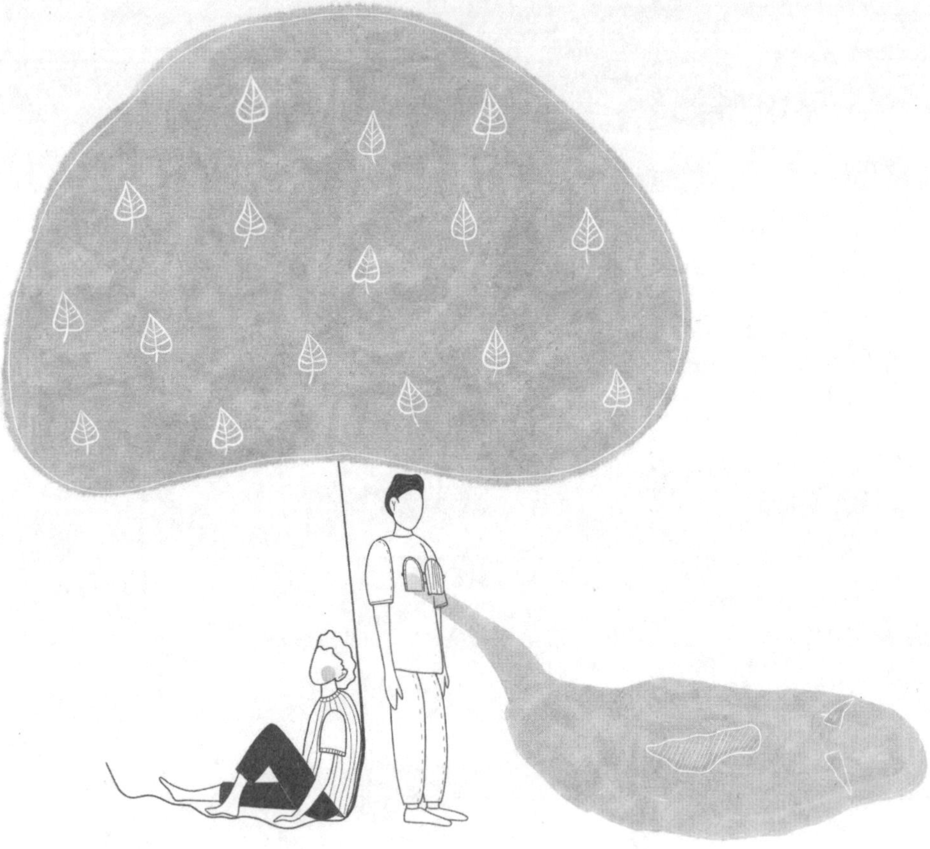

Paz é ter sombra em tarde de verão.

Culpa é ver na sombra uma assombração.

Frustração é um tombo
entre o que a gente quer
mas a vida, não.

Raiva é a dor do tropeção.

32

Ansiedade é quando tudo deu errado amanhã.

Calma é um negócio curioso:
Quanto mais me pedem,
MAIS EU FICO NERVOSO.

35

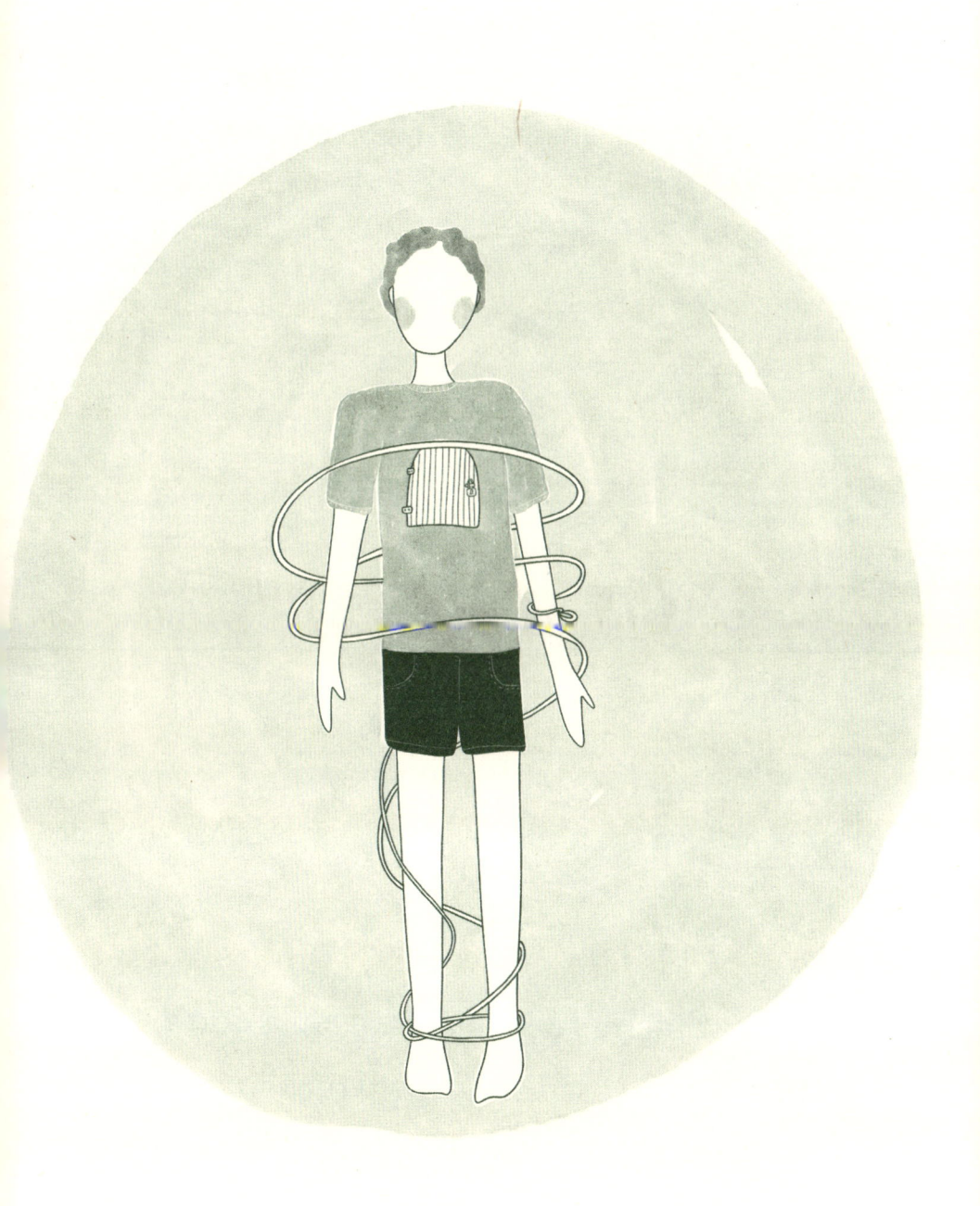

A certeza fechou a janela, trancou a porta,
Conferiu se a casa estava bem fechada.

Mas, quando se virou de frente,

Lá estava a surpresa sentada.

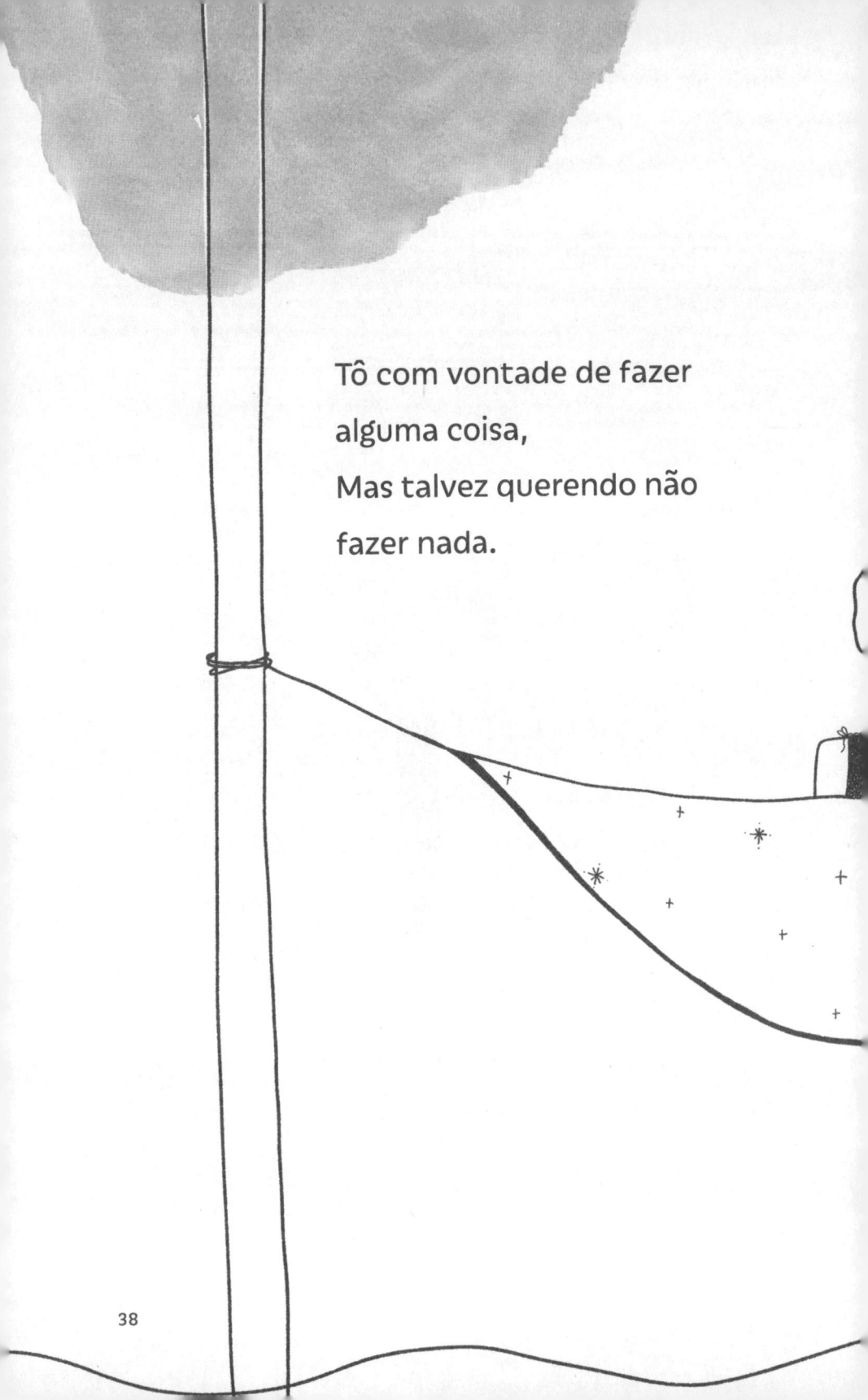

Tô com vontade de fazer alguma coisa,
Mas talvez querendo não fazer nada.

Tédio é uma preguiça inconformada.

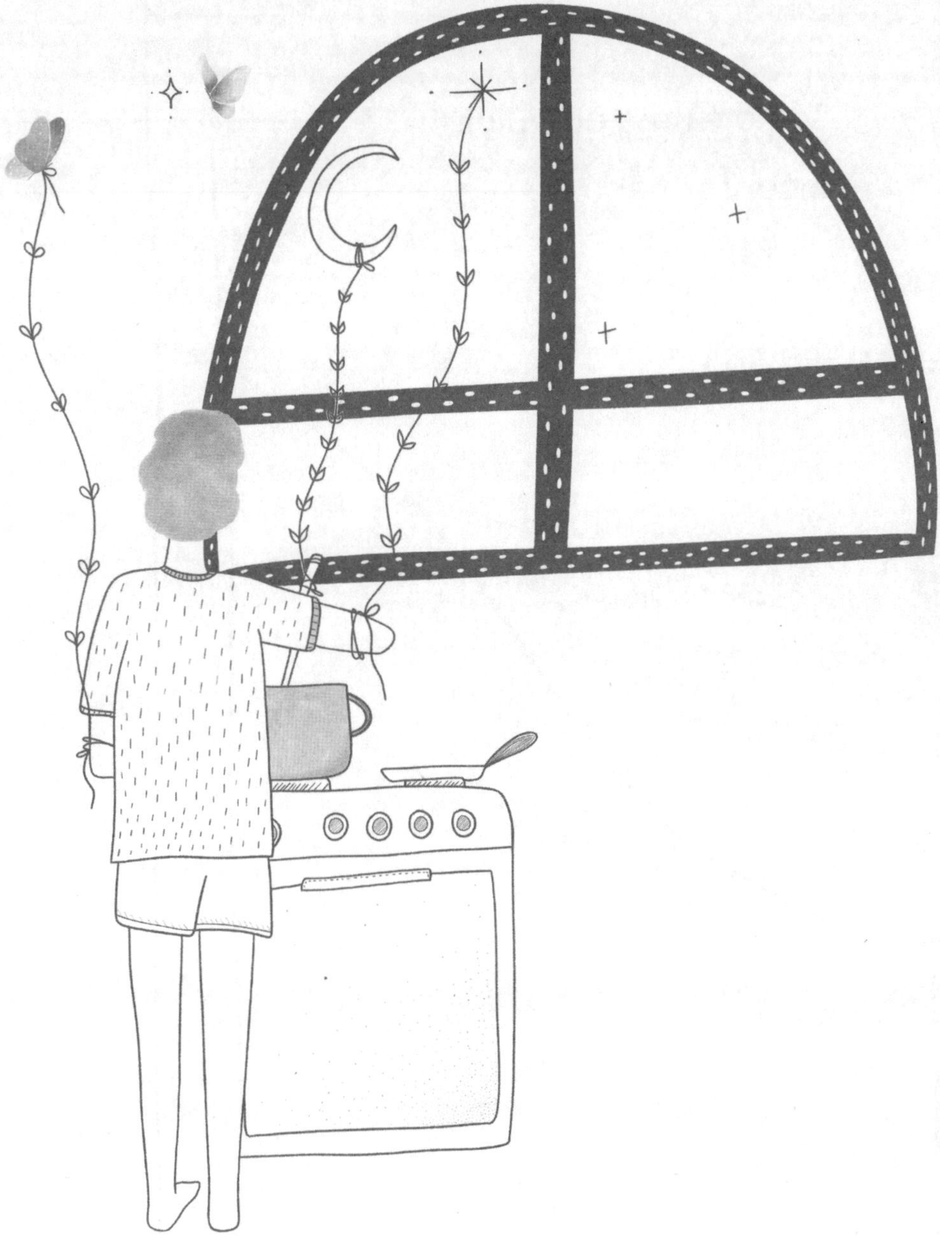

Certeza é uma forma de lidar com o cansaço.
Nem penso,
Só faço.

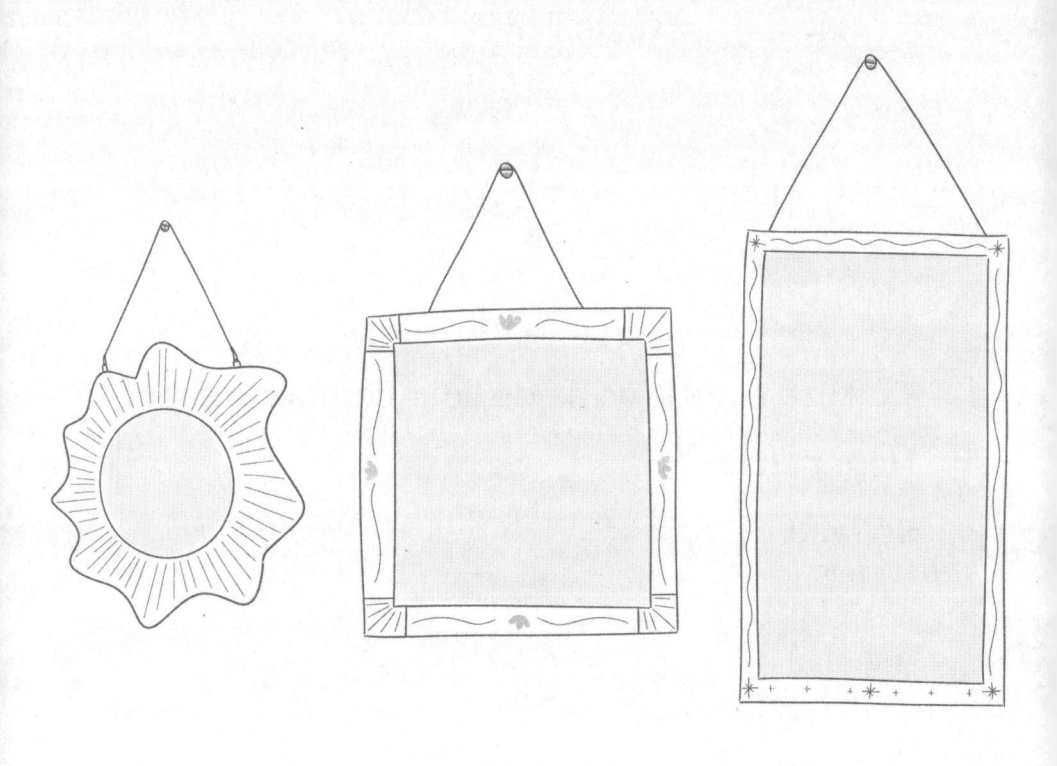

Duas fotos de família:

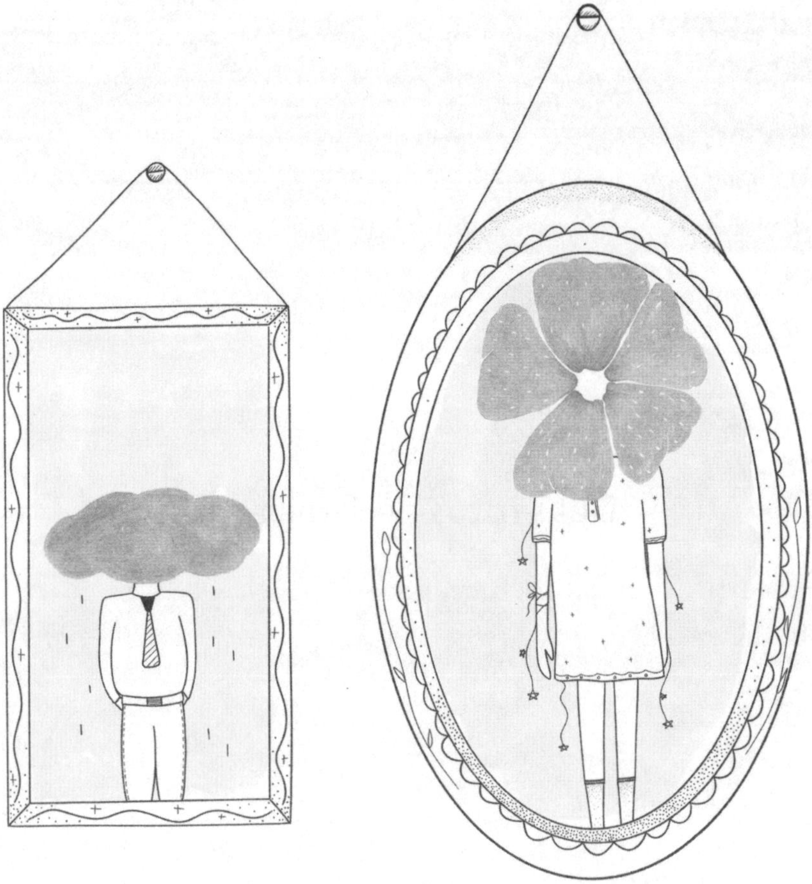

Sr. Medo, o pai.   Coragem, sua filha.

Raiva é onde
A dor
Se esconde.

Baixinho em meu ouvido,
Escutei um conselho do chão:
"A pressa é amiga do tropeção".

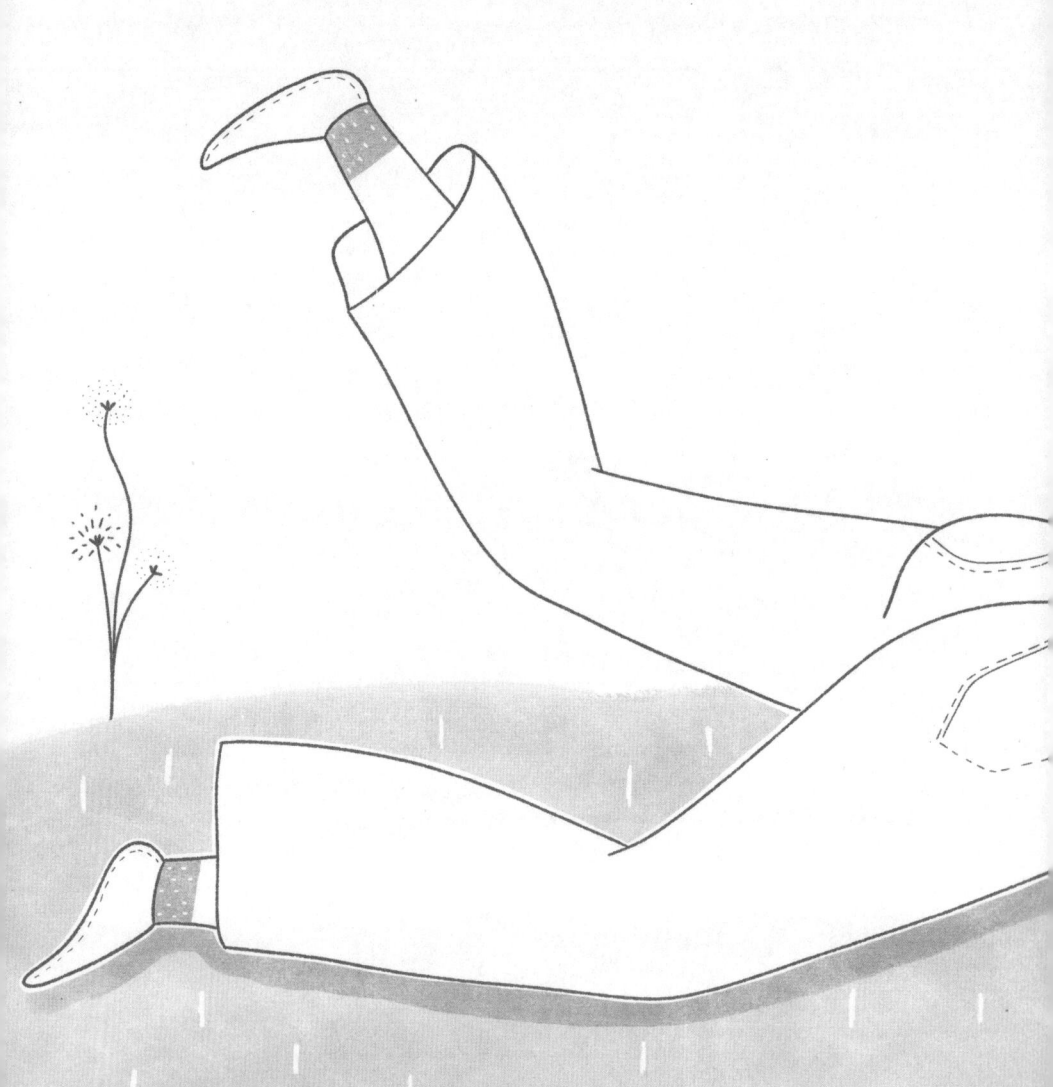

49

Autorreceita

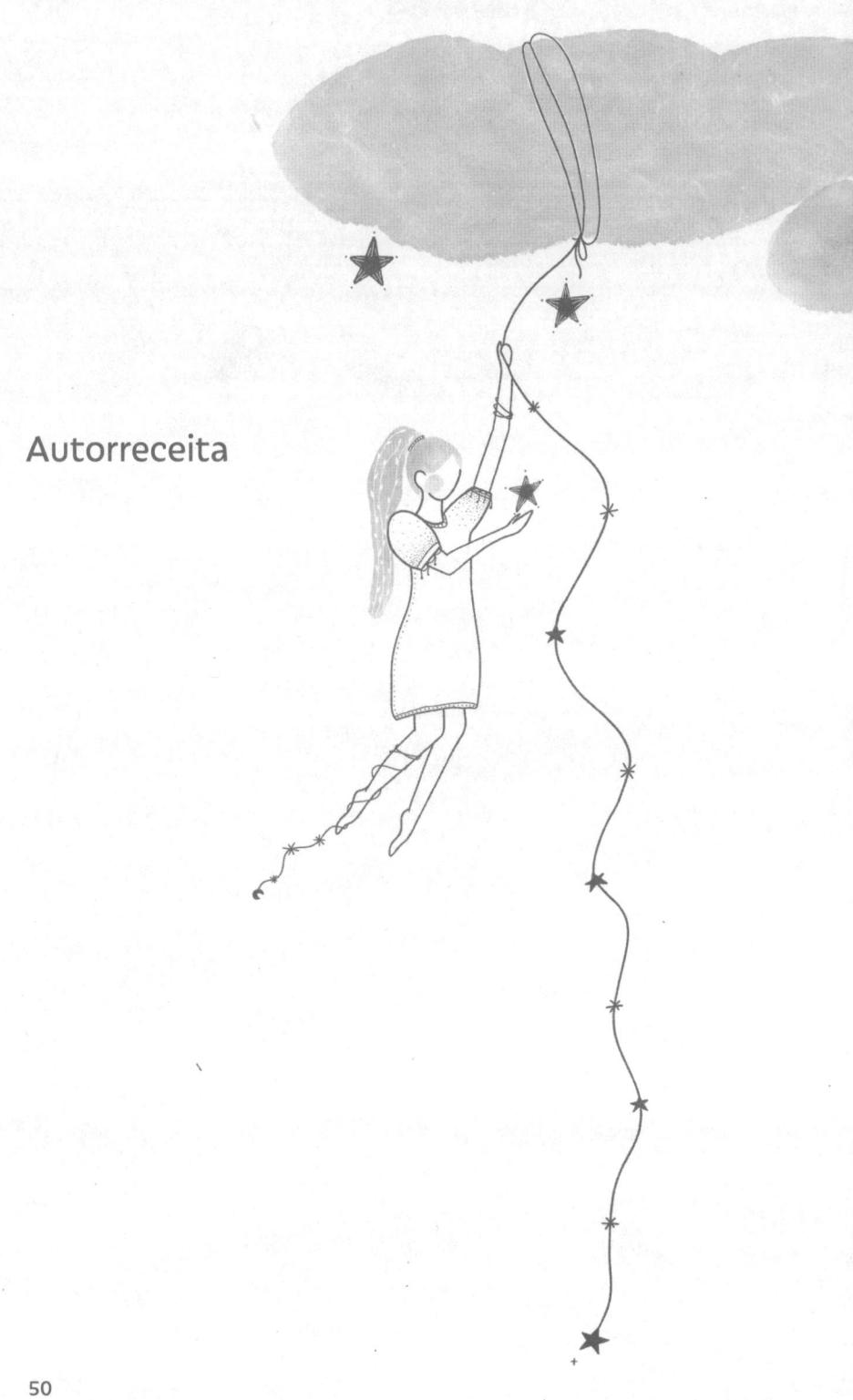

Para a melancolia,

Encanto.

Para o tédio,
Espanto.

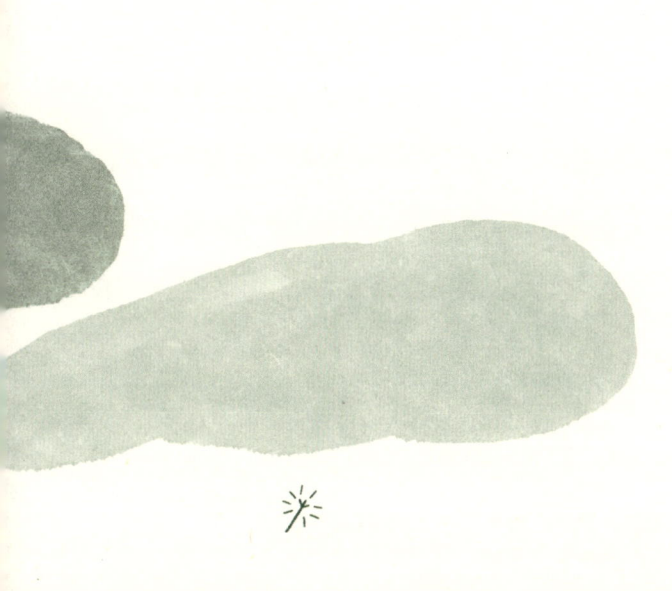

Para a ansiedade,

por enquanto.

Sobre a falta de ar

que faz encostar

o meu peito nas costas:

Tudo que a ansiedade tem de perguntas,
a angústia não tem de respostas.

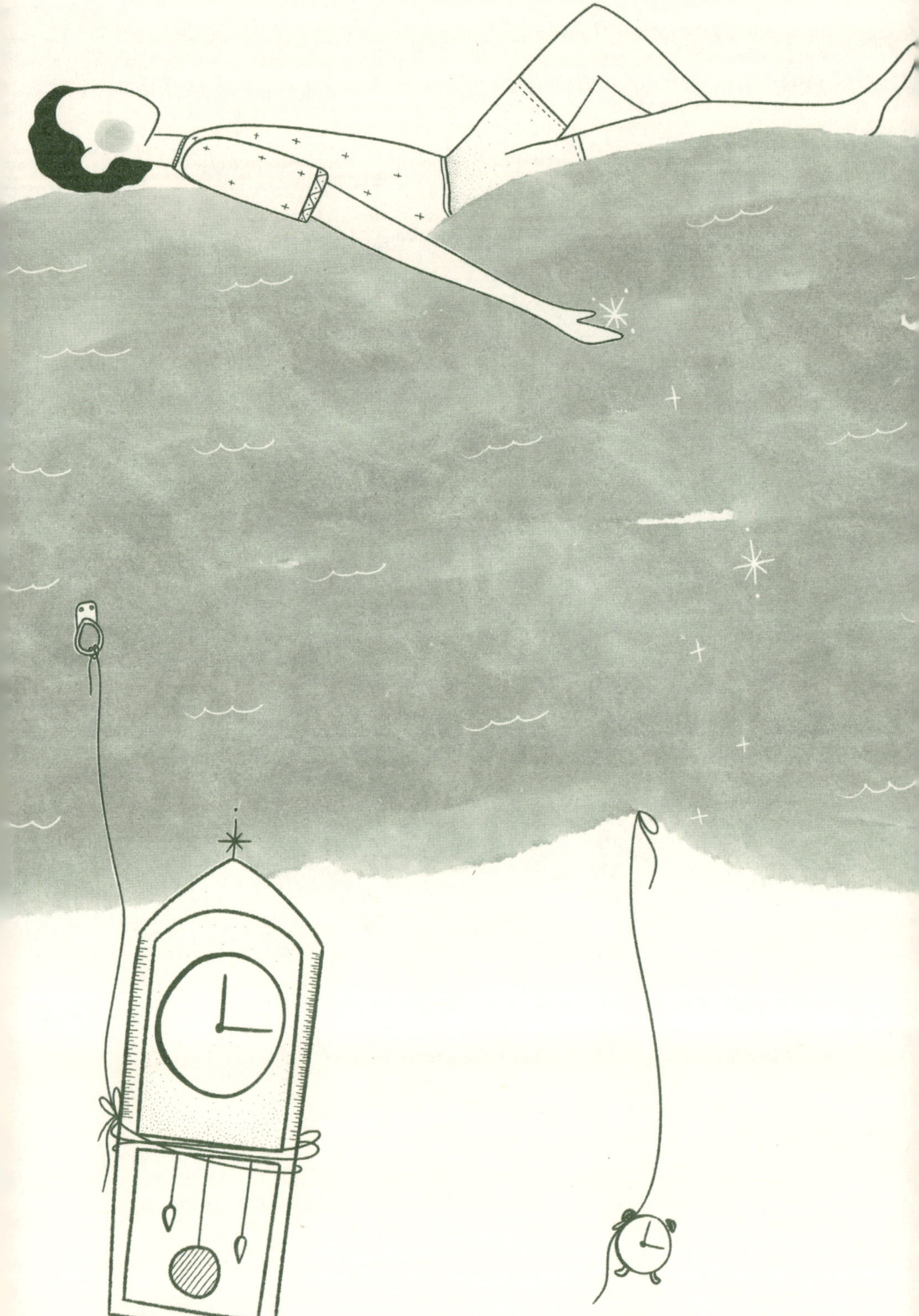

Descansar é falar pro tempo:
"Vai indo, eu já vou.
Se você é incansável,
Eu não sou!".

Vergonha é ficar pequeno por dentro
E bem grande por fora.
Quando o mundo todo te olha,
Não ter pra onde ir embora.

59

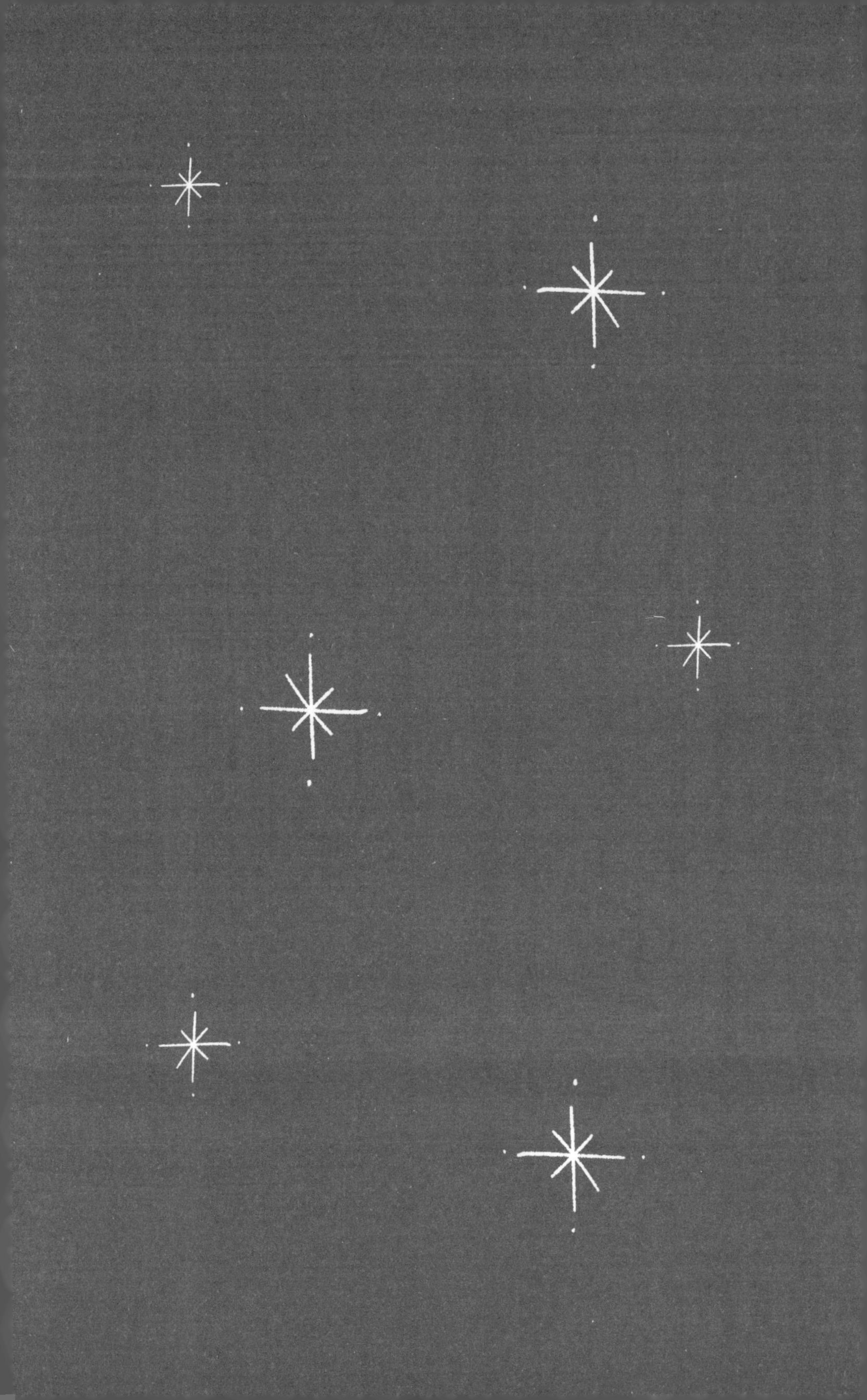

A DURAÇÃO DAS COISAS

O passarinho lá fora foi meu.

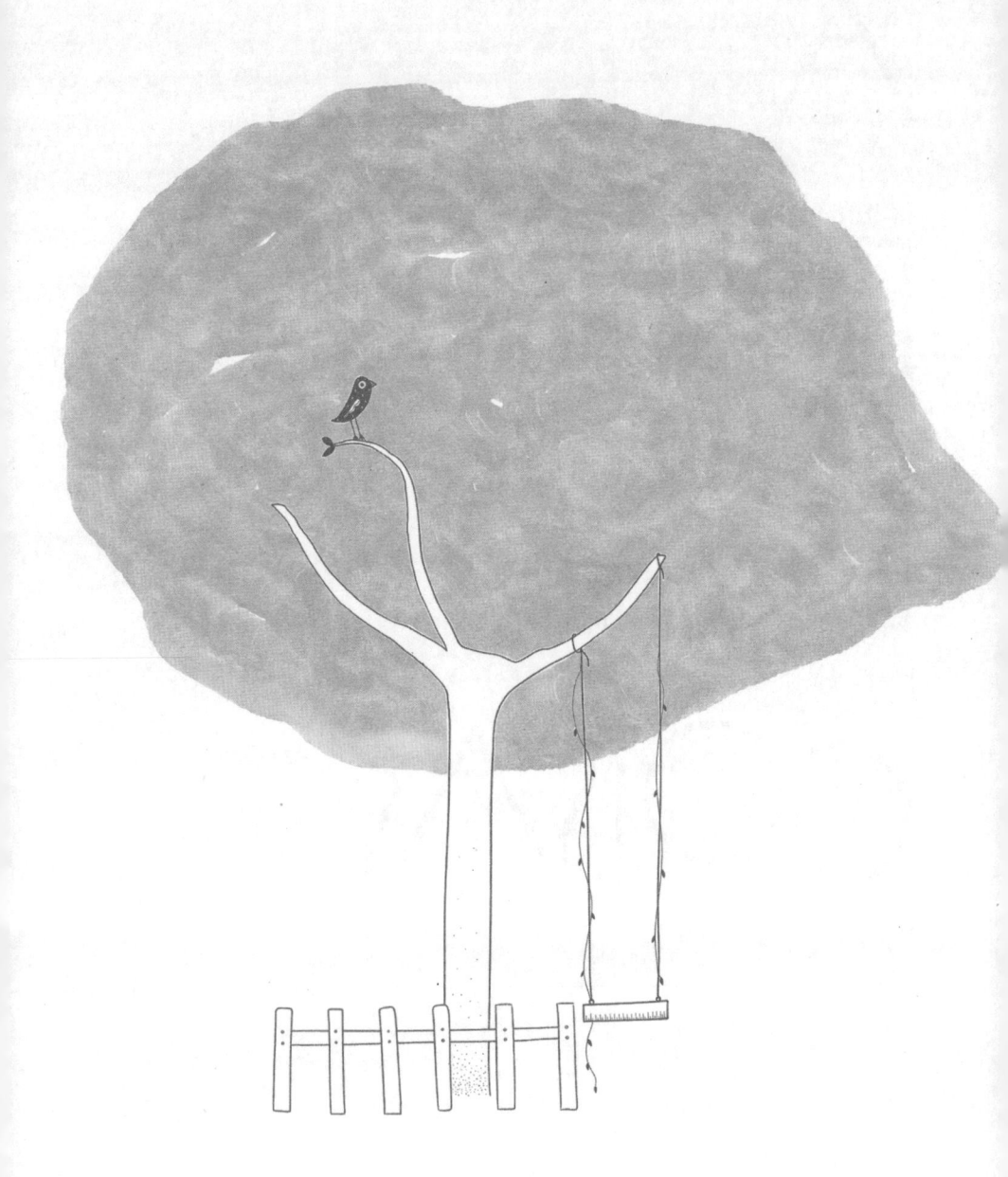

Durou uma janela.

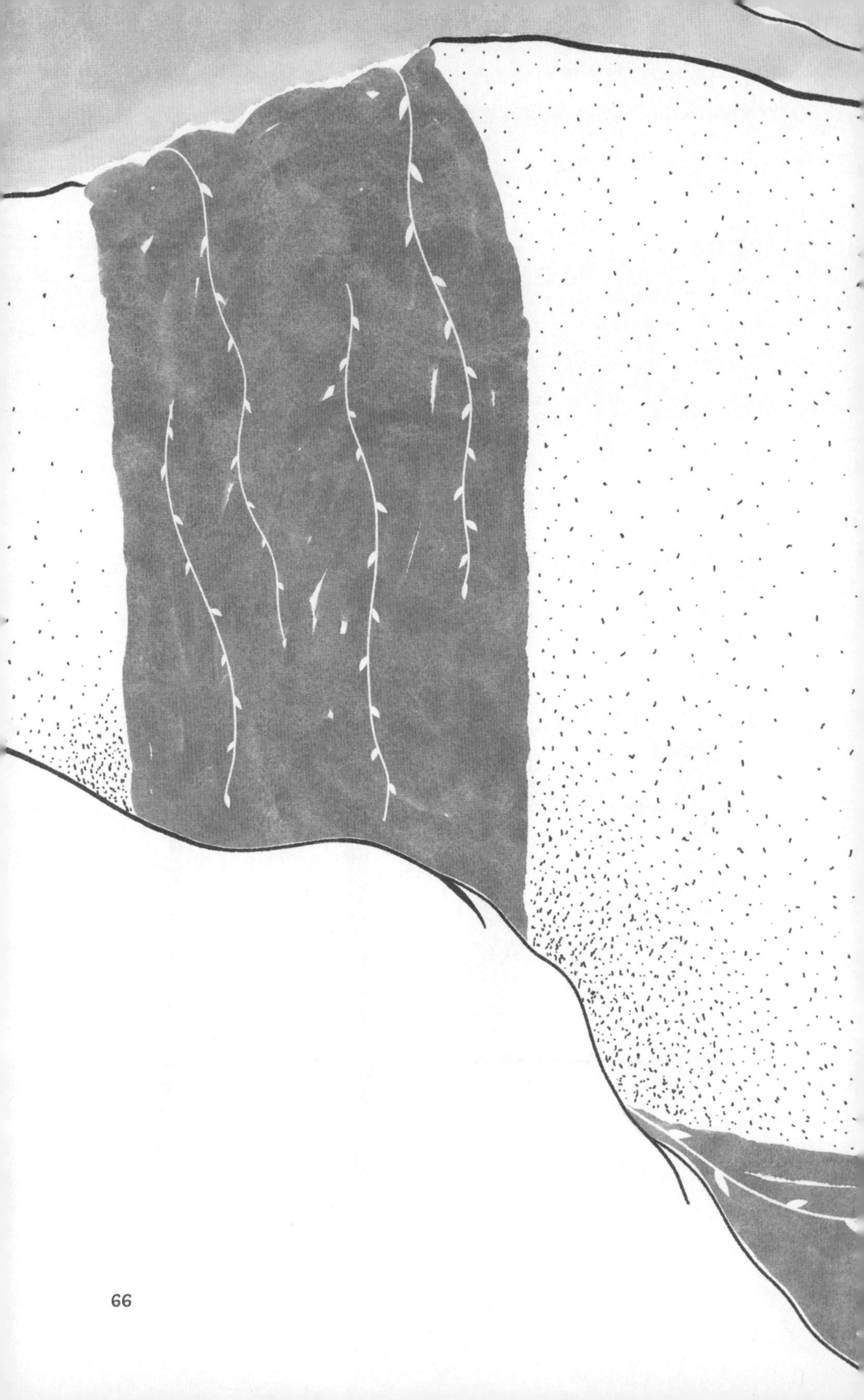

Cachoeira é um tombo
que o rio leva pra sempre.

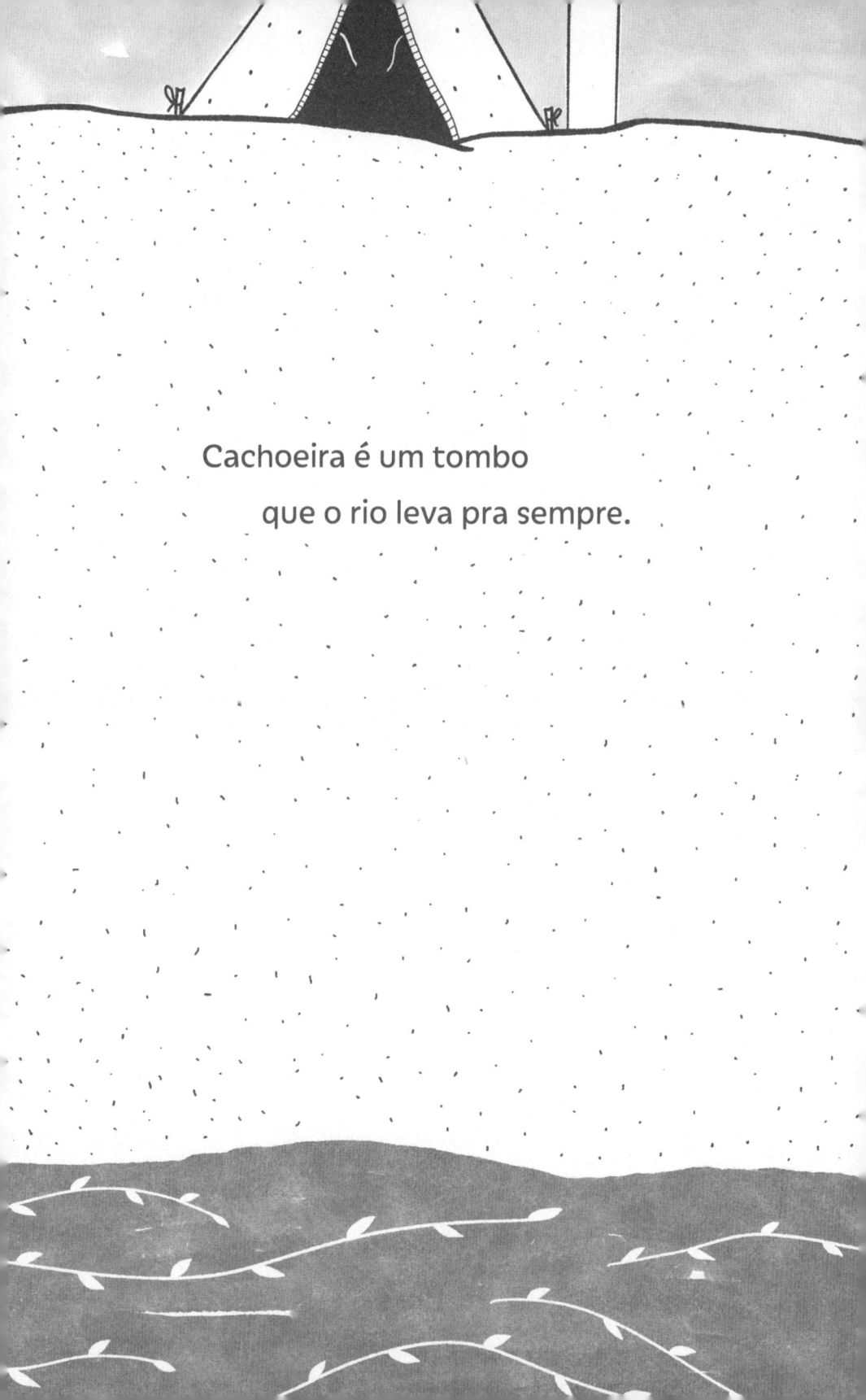

Noite nunca termina.

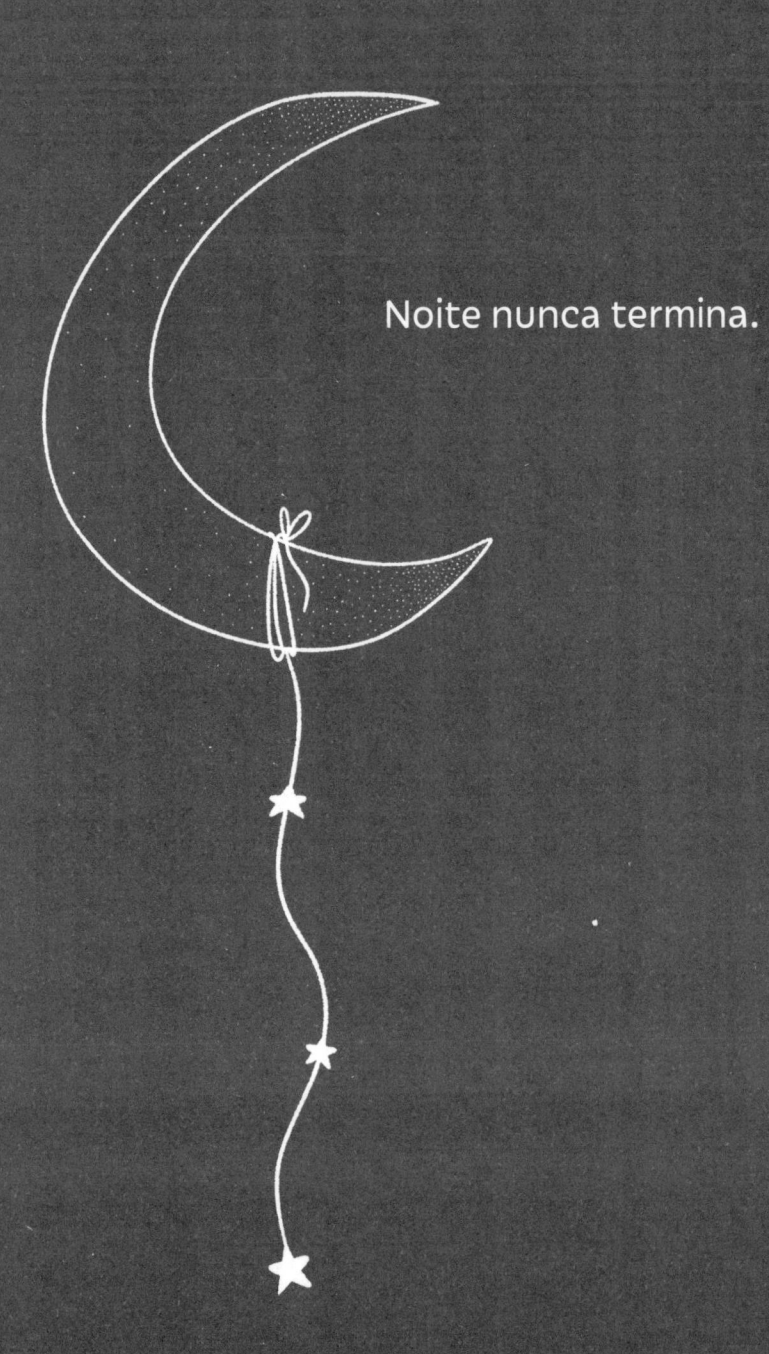

69

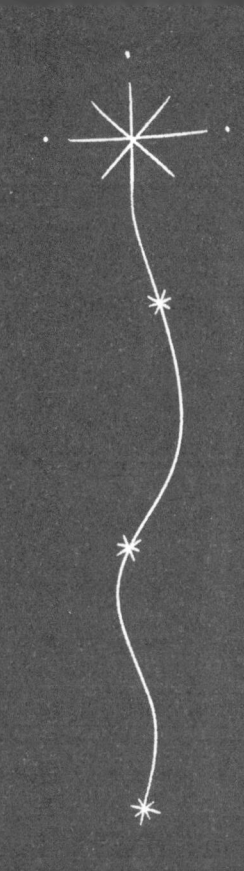

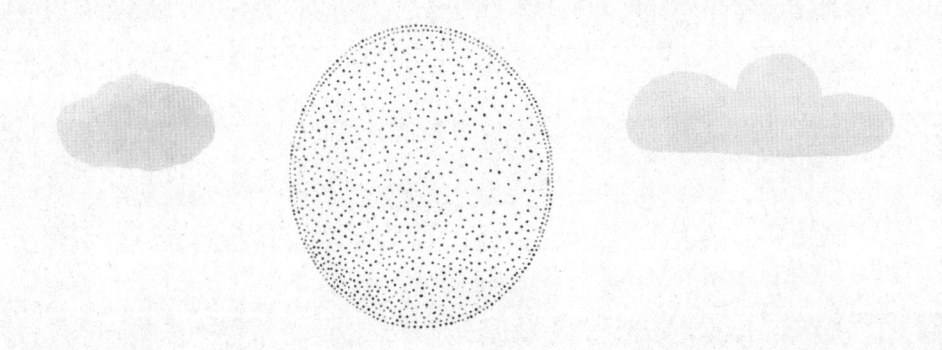

Só tem intervalo.

Quase sempre "de vez em quando"
é quase nunca. (Ou quase sempre.)
Só de vez em quando
"de vez em quando" é de vez em quando.

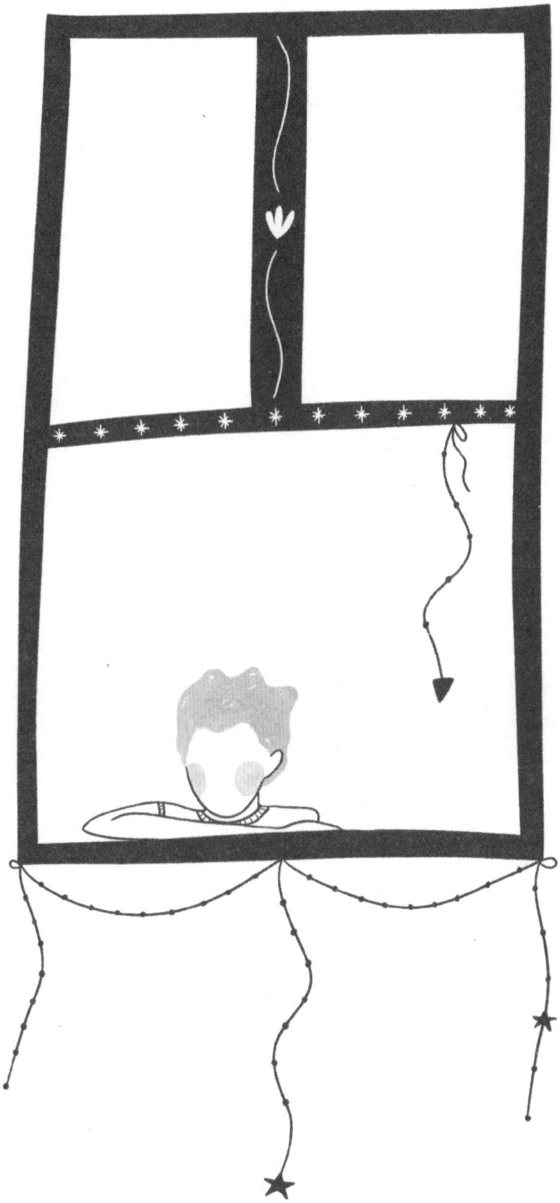

De repente é quando o tempo
se racha em dois:

Antes

e depois.

Depois da praia, o sol se pôs
nos meus ombros.

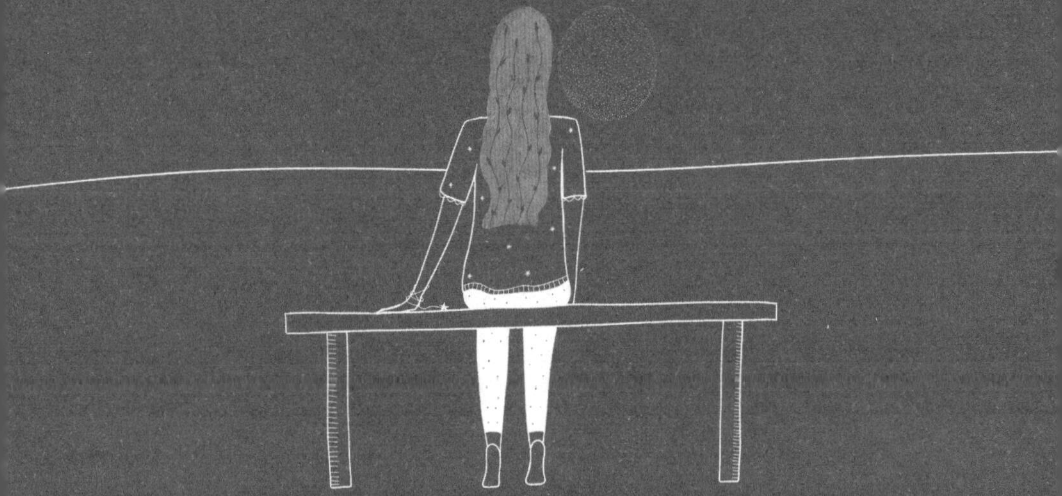

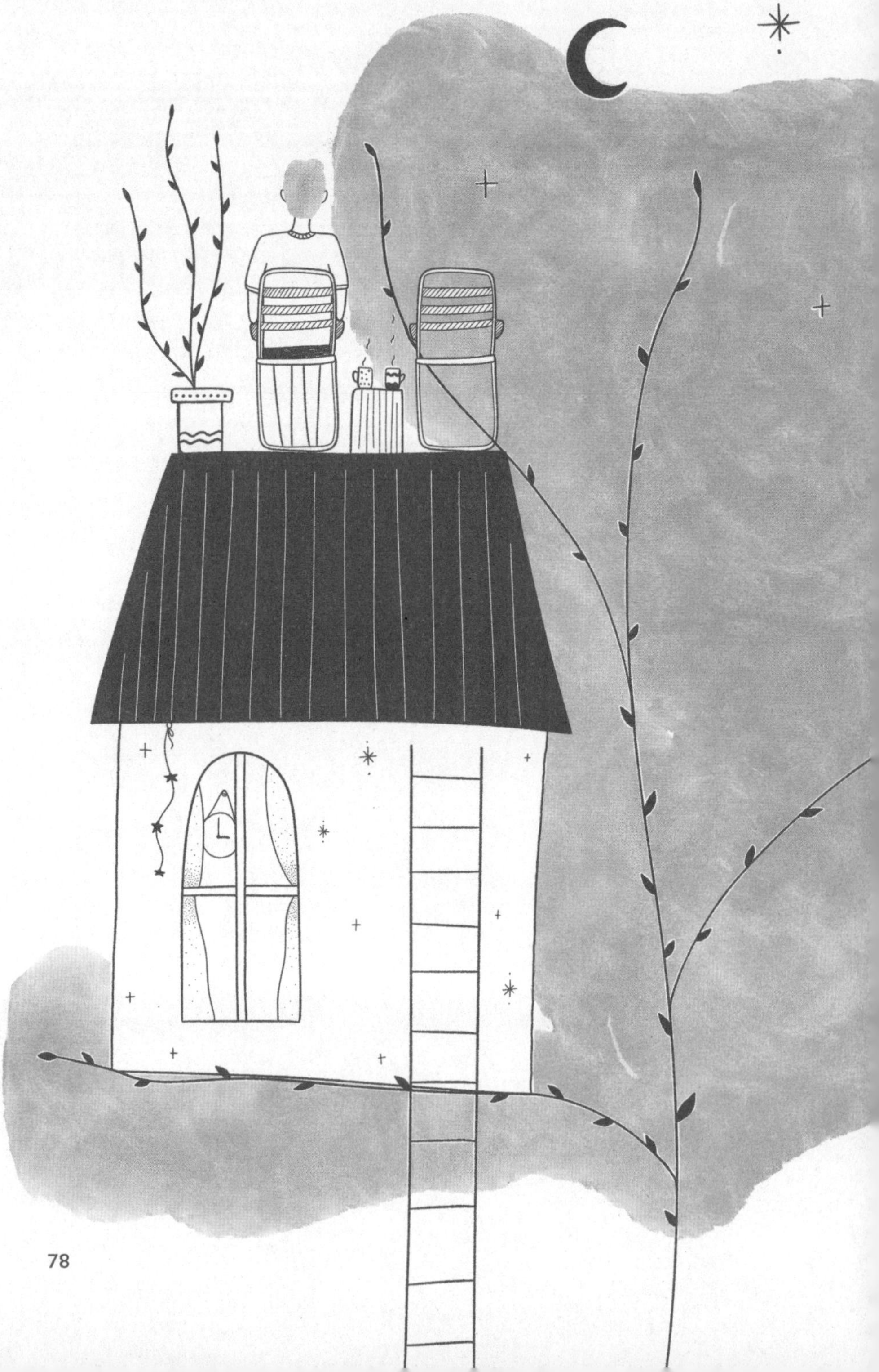

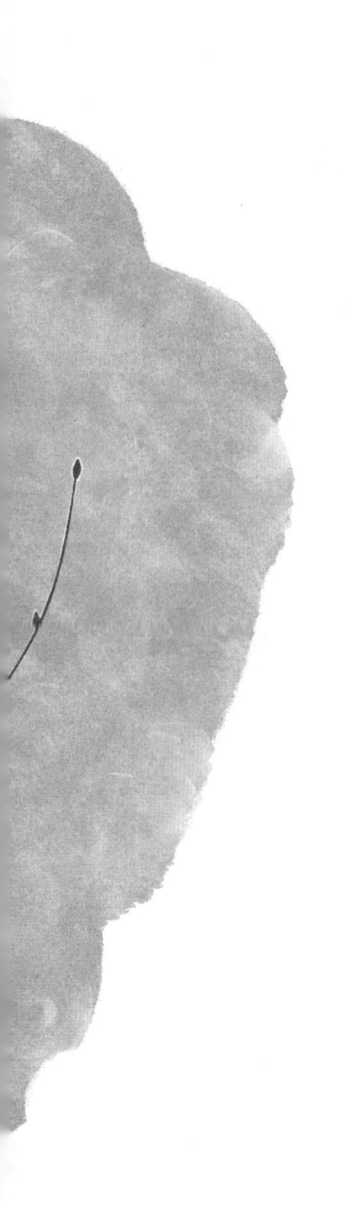

Relógio mede o tempo:
Segundos, minutos, hora.
Mas relógio não mede o quanto
A saudade estica a demora.

Cama mede o tempo do sono.

Noite mede o tempo na cama.

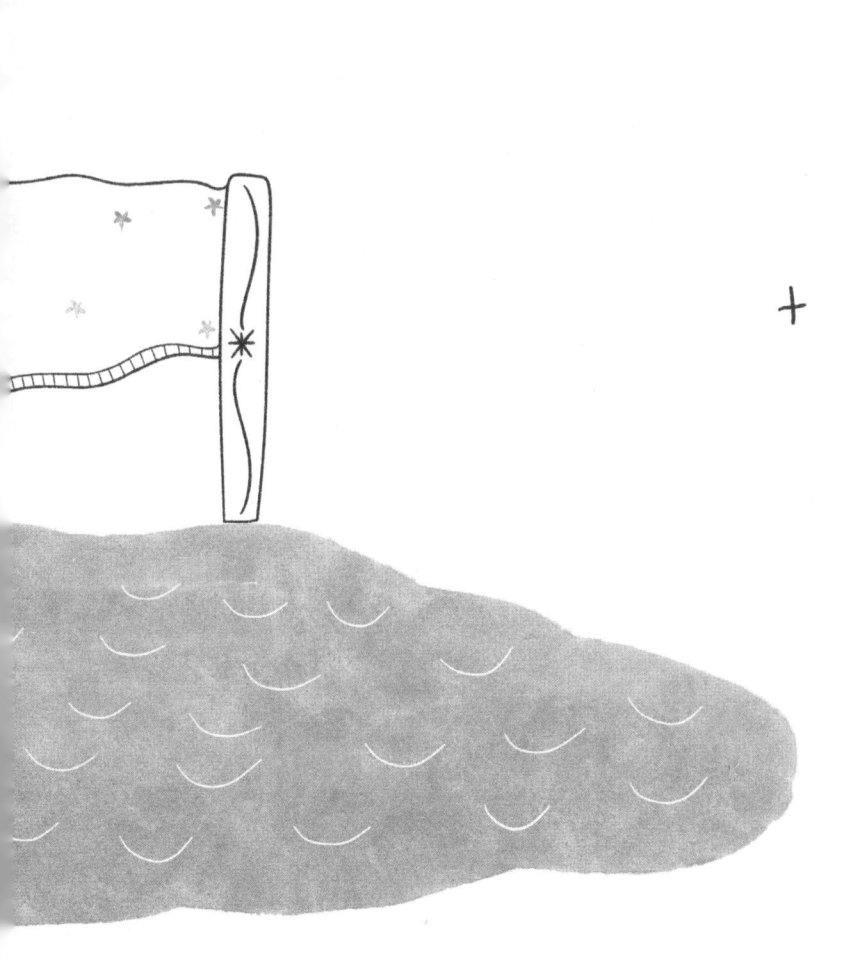

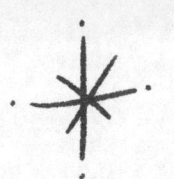

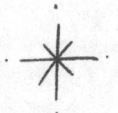

Quem mede o tempo do dia é o sol.

Quem mede o tempo da noite é o pijama.

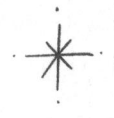

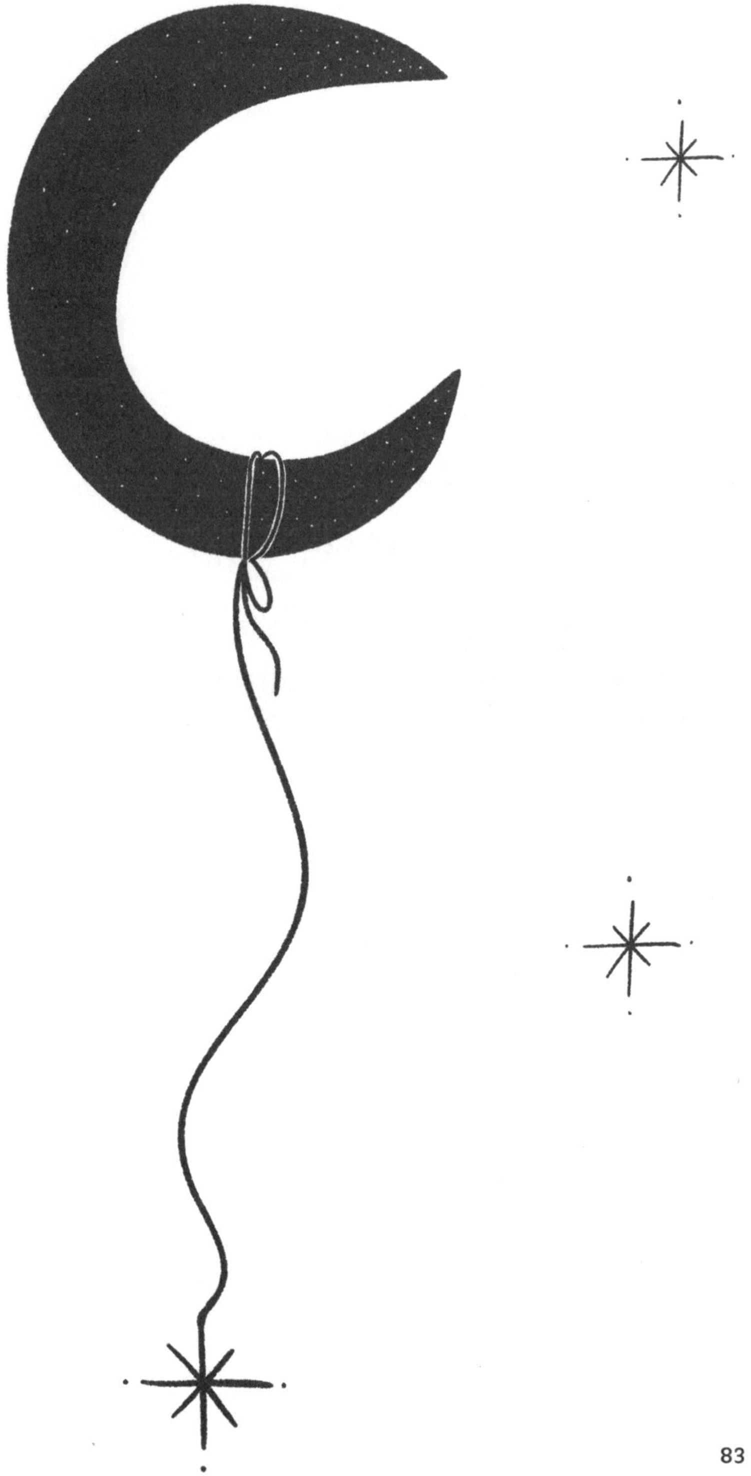

Eu acordo mais cedo
Pra poder atrasar com calma.
Uma coisa é o tempo do tempo.
Outra coisa é o tempo da alma.

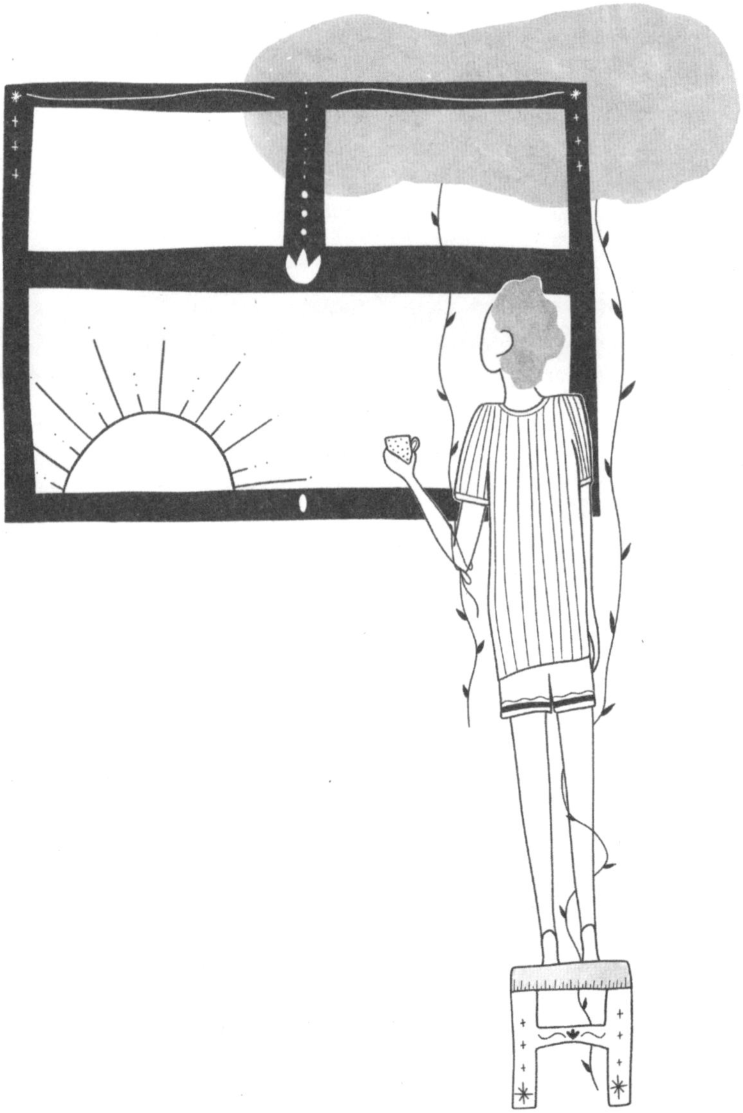

Agora.

Outro agora,

agora.

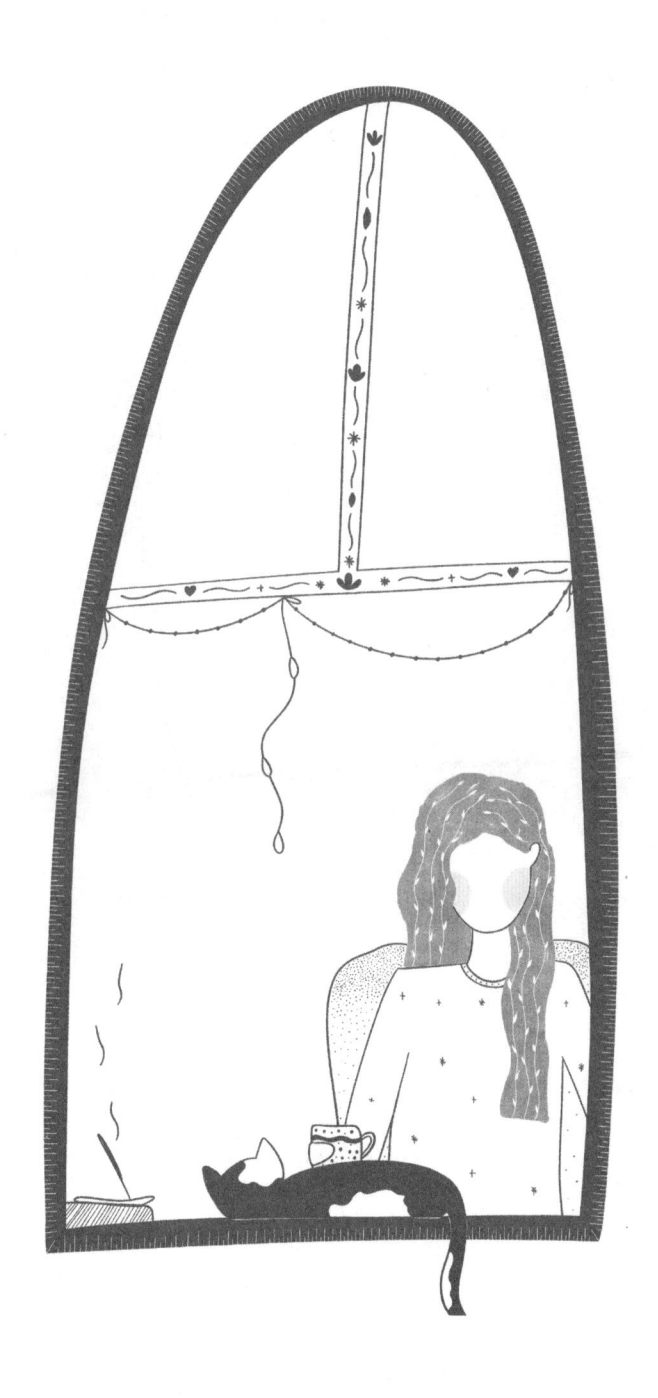

Eu ando cansado.

Ando atrasado.

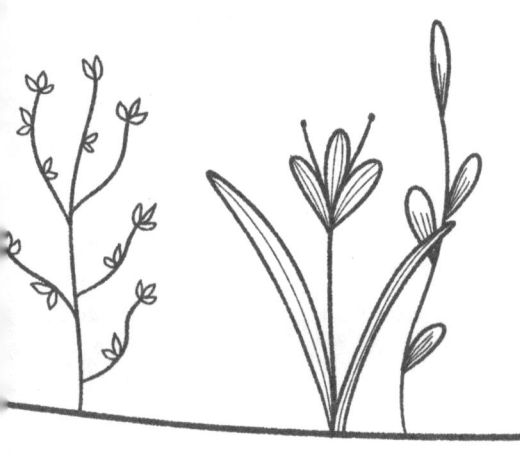

Não ando andando,

Ando correndo.

E meu cansaço

Me perguntando:

"O que você anda não fazendo?".

Enfim,

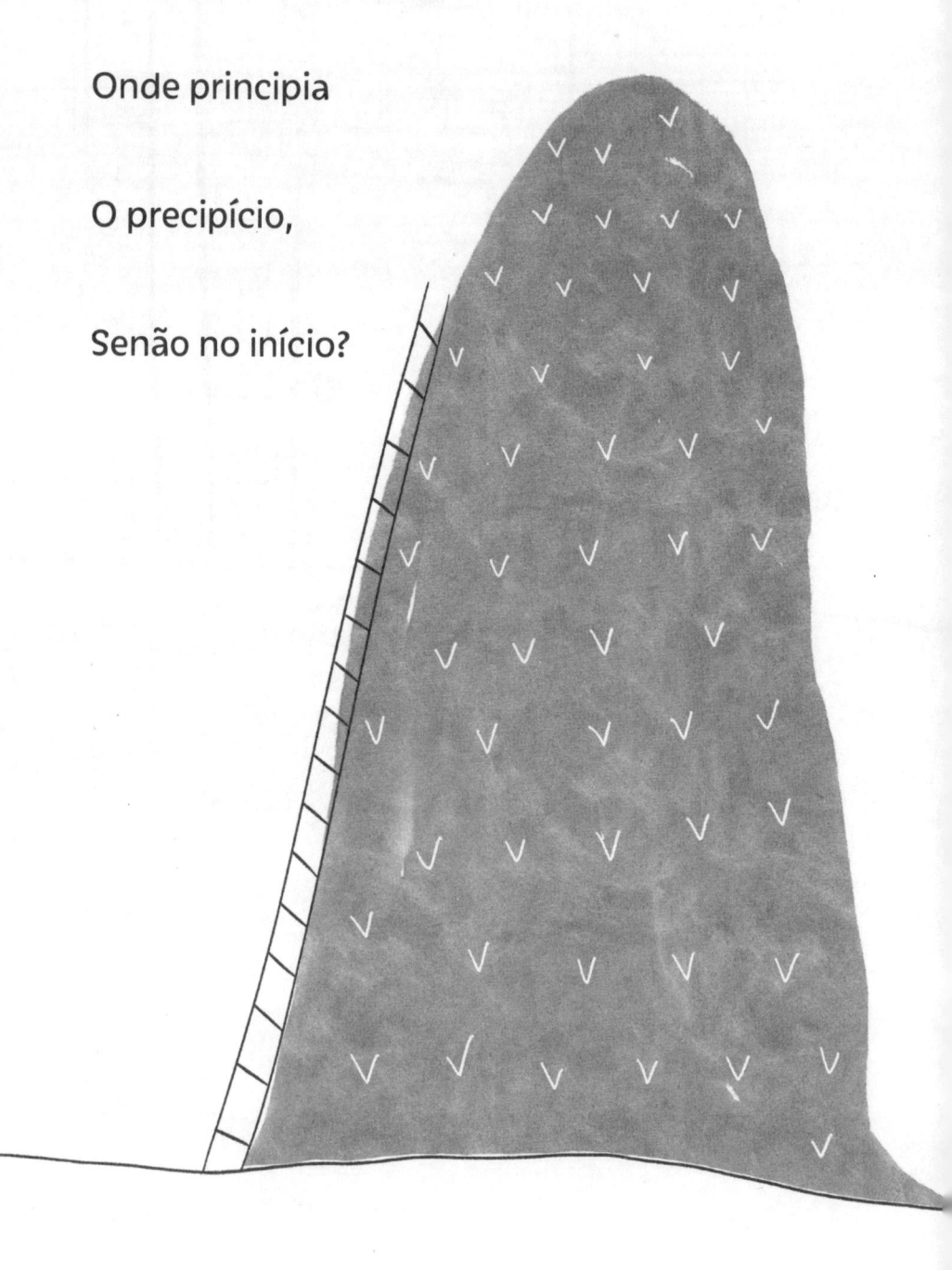

Onde principia

O precipício,

Senão no início?

Foi preciso um tombo

Pra eu cair em mim.

O relógio tem implicância

Quando fico amigo do tempo.

Ou me diz que estou muito rápido
Ou reclama que estou muito lento.

Saudade é quando o amor cumpre
a promessa de ser pra sempre.

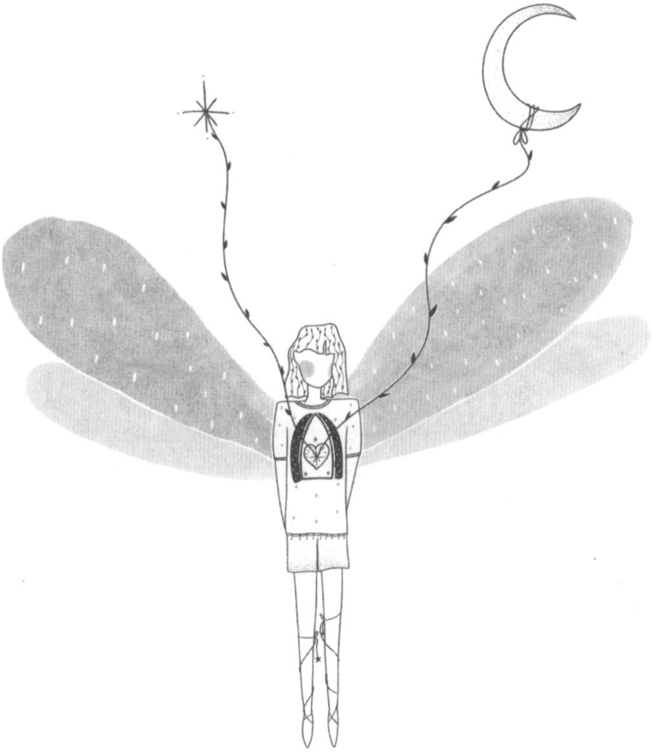

Até é quando o tempo sonha.

Ainda é quando o tempo cansa.

Infância está dentro do adulto.

Não dura só uma criança.

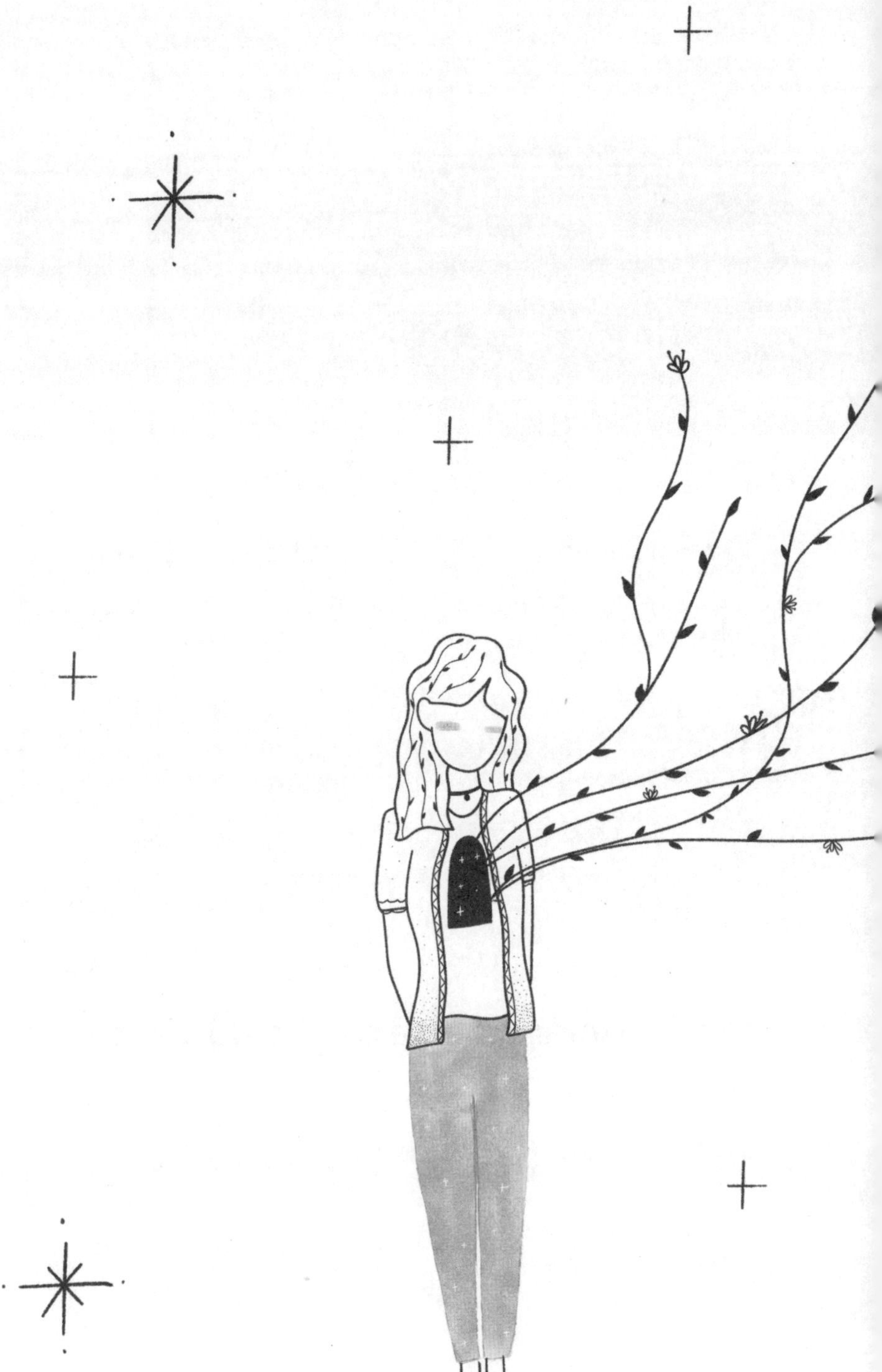

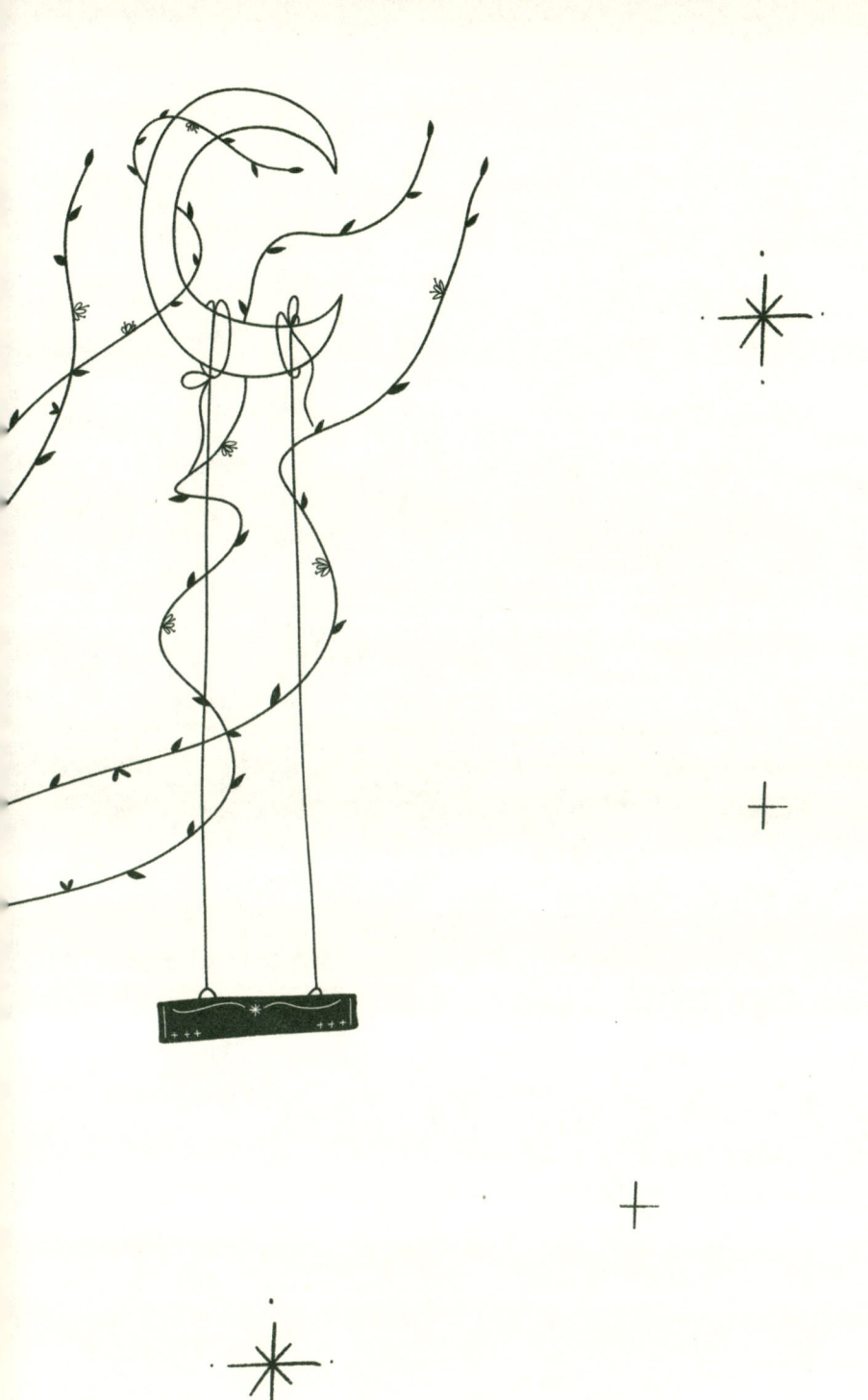

CLÁUDIO THEBAS

Eu sempre gostei de brincar com as palavras. Quando criança, eu adorava ler os cartazes da rua de trás para a frente. "Proibido estacionar" virava "odibiorP ranoicatse". Era como se, ao inverter as palavras, eu estivesse falando árabe, russo, birmanês. E eu gostava (na verdade, gosto até hoje) de ler ao contrário e desafiar as pessoas a adivinhar o que eu estava falando.

Foi assim, mexendo nas palavras como se fossem brinquedos, que lá pelos meus 8, 9 anos descobri uma coisa que me deixou muito entusiasmado: meu nome tem som!

Lendo isso, você deve ter pensado em voz alta: "Mas todo nome tem som...". Acontece que eu não estou me referindo ao som que sai da boca quando a gente fala a palavra Cláudio. Aí é que está a graça: meu nome tem som escondido na própria palavra... Vou te explicar brincando: pega o meu nome. Agora, tire as duas primeiras letras... tchanan: meu nome tem ÁUDIO! Hahaha! Não sou volume de televisão, nem mensagem de WhatsApp, mas também tenho áudio!

Não sei se é coincidência ou influência, mas já faz quase trinta anos que eu trabalho justamente com... áudios. Mas não o da TV ou o da mensagem de voz. Eu trabalho ajudando as pessoas a escutarem as muitas vozes que o coração da gente emite ou omite. Áudios que às vezes, por medo ou vergonha, tentamos calar lá dentro da gente, mas que sempre dão um jeito de falar, ora cochichando, ora através dos nossos olhos, do jeito que a gente anda ou gesticula. Alguns desses sentimentos a gente até escuta, mas finge que não está. Outros a gente escuta, mas parece que vêm com o som ao contrário, como se brincassem com a gente, esperando até sermos capazes de entendê-los. ajevnI... edaduaS...

106

Em geral, não somos educados a escutar o áudio desses sentimentos. Quando eu era criança, as escolas não davam bola (nem voz) para isso. Com certeza essa minha história de gostar de escutar a voz dos sentimentos se deve ao fato de que, desde muito pequeno, minha mãe lia livros pra mim. Eu me lembro como se fosse agora. Eu, deitado ali na cama, escutando a voz dela e me envolvendo tanto com os personagens cujos sentimentos em suas peripécias, reinos e florestas afora eu conseguia entender: raiva, medo, vergonha, alegria, tristeza. E, claro, se eu entendia o que os personagens estavam sentindo, era porque alguma vez eu também tinha sentido aquilo, mesmo que não soubesse o nome.

Por falar em nome, me desculpe, você até já sabe o meu, mas comecei esta biografia e nem me apresentei formalmente:

otiuM rezarp, uem emon é oiduálC sabehT!
uoS ed oãS oluaP, uos odasac moc a sirhC, ohnet amu ahlif, mu ohlif, saud sadaetne, e etes sorrohcac. E uos onaitniroc oxor!

NATALYA OSOWIEC

Acervo pessoal

Sou Natalya Osowiec, uma apaixonada por canetas, cores e cadernos, que encontrou na ilustração e na diagramação uma forma própria de expressão. Minha jornada criativa me levou a explorar o desenho, a direção de arte e a diagramação, áreas que se entrelaçam e enriquecem meu trabalho.

Desde a infância, sou fascinada pela capacidade de transformar o mundo ao meu redor, conferindo-lhe um toque mágico através do desenho. A ilustração se tornou minha grande paixão, um universo no qual me perco por horas, criando e pintando sem me preocupar com o tempo.

Minha técnica favorita combina a precisão das linhas com a liberdade e a fluidez da aquarela. Aprecio a dualidade entre o controle e a espontaneidade que essa combinação proporciona. Meus personagens, muitas vezes sem rosto, convidam o observador a imaginar suas emoções e histórias, estabelecendo uma conexão única e pessoal. Cada criação ganha vida própria, com nome e personalidade, tornando-se parte do meu universo particular.

Meu objetivo é encantar em cada desenho, transportando quem os observa para um universo mais mágico e inspirador. Acredito no poder da arte de despertar a imaginação e de nos conectar com a beleza que reside em cada detalhe.

**Acreditamos
nos livros**

Este livro foi composto em Iskra e impresso pela Gráfica Santa Marta para a Editora Planeta do Brasil em maio de 2025.